Fan
ファン文庫

万国菓子舗　お気に召すまま

真珠の指輪とお菓子なたこ焼き

著　溝口智子

JN131376

マイナビ出版

Contents

登場人物

Characters

村《むら》崎《さき》荘《そう》介《すけ》

『万国菓子舗《ばんこくかしほ》　お気に召すまま』店主（サボり癖あり）。
洋菓子から和菓子、果ては宇宙食まで、
世界中のお菓子を作りだす腕の持ち主。
ドイツ人の曾《そう》祖父譲りの顔だちにも、ファン多し。

斉《さい》藤《とう》久《く》美《み》

『お気に召すまま』の接客・経理・事務担当兼〝試食係〟。
子どもの頃から『お気に召すまま』のお菓子に憧れ、
高校卒業後、バイトとなった。明るく元気なムードメーカー。

安《あん》西《ざい》由《ゆ》岐《き》絵《え》

八百屋『由辰《よしたつ》』の女将《おかみ》であり、荘介の幼馴染み。
女手一つで切り盛りし、目利きと値切りの腕は超一級。

班《まだら》目《め》太《た》一《いち》郎《ろう》

フード系ライター。荘介の高校の同級生。『お気に召すまま』の
裏口から出入りし、久美によく怒られている。

藤《ふじ》峰《みね》透《とおる》

久美の高校時代の同級生。大学で仏教学を専攻。恋人である
星《ほし》野《の》陽《よう》の実家に居候しており、いつも久美にのろけている。

International Confectionery Shop

Satoko Mizokuchi

万国菓子舗お気に召すまま

真珠の指輪とお菓子なたこ焼き

溝口智子

お煎餅ヒーロー！

お菓子がいっぱいに詰まった紙袋を抱えた客を送りだすため、斉藤久美《さいとうくみ》は大きくドアを開けた。カランカランとドアベルがほがらかに鳴る。

「ありがとうございました。またお待ちしております」

そう言って久美は元気良く頭を下げた。肩までの黒髪がさらりと揺れる。客は小さく頷《うなず》くと、うきうきと軽い足取りで住宅街の方へ歩いていった。

この店、『万国菓子舗《ばんこくかしほ》　お気に召すまま』は福岡《ふくおか》市の繁華街・天神《てんじん》から電車で十分ほど離れた大橋《おおはし》駅の側にある。商店街から住宅街へ抜ける路地の角に建っているので、日常の買い物ついでに寄る客も多い。

クリスマスも間近の今は、客足も増え、仕事が満載だ。クリスマスケーキの予約がたくさん入っており、働き者の久美にとって、こんなにやりがいのある時期は他にない。

久美が店内へ戻ろうと足を踏みかえたとき、商店街から歩いてくる親子連れに気づいた。父親らしい小太りな男性が抱えている袋から、白ネギがぴょんと飛びだしている。

その男性と手をつないでいた男の子が、久美と目が合った途端に駆けだした。

「あ、こら！」

男性も慌てて走りだす。

「急に飛びだしたら危ないぞー！」
四、五歳くらいだろうに、その男の子はかなりの俊足で男性との距離をぐんぐん延ばし、あっという間に久美のところにやって来た。男の子は行儀良く足を揃えて立つと、元気のいい大きな声で言った。
「不思議なお菓子を作ってください！」

「え？　不思議なお菓子？」

不可解な注文に戸惑いつつも久美は膝に手をつき、小柄な背丈をさらに縮めて男の子の目線に合わせた。男の子は真剣な表情で久美を見つめている。

やっと追いついた男性が息を切らしながら、男の子の頭に手をのせた。

「すみません、急に。ほら、慧《けい》。ちゃんとお姉さんに挨拶しなさい」

慧は大きく一つ頷くと、「こんにちは！」と大きな声で挨拶して、久美が返事をする間もなく、両手をぎゅっと握って語りだした。

「むかしむかし、人と鬼が一緒に暮らしている村がありました」

「え？」

おとぎ話を始めた慧に驚いた久美が再び疑問の声を発したが、慧は気にするそぶりもなく話し続ける。男性も久美と同じく驚いたようで口をぽかんと開けている。久美は慧と男性を交互に見たが、事情が飲み込めない。なにが起きているのだろうかといぶかりながら、ただ慧の話に耳を傾けた。

「体が大きくて強い鬼は、人間ができない大きな仕事をたくさんしました。大きな岩をどけて井戸を掘ったり、太い木を切って家を作ったり。人間は鬼ができない小さな仕事をしました。服を縫ったり、料理をしたり。そうやって人と鬼は仲良く暮らしていました」

ふと慧が話をやめた。眉根を寄せた大人っぽい表情で男性を振り仰ぐ。

「パパ。続き、なんだった？」

「いや、パパは知らないよ。幼稚園で教わったお話だろう」

「僕は聞いたことがありますよ」

突然、横合いから声がかかった。慧と父親が驚いて振り向くと、スマートな容姿の、真っ白なコックコートを着た男性が立っていた。長身でギリシャ彫刻のような美貌だが人懐こい表情で、優しそうに見える。

「荘介《そうすけ》さん、お客様を驚かせないでください」

久美にたしなめられ、荘介と呼ばれた青年は親子に軽く頭を下げる。

「驚かせてしまって、すみません。僕はこの店の店長をしています。村崎《むらさき》荘介と申します」

「おじちゃん！　続きは？」

まだ三十代の荘介は慧におじちゃんと呼ばれたことが悲しかったのか、美しく整った眉をハの字に下げながらも、おとぎ話について説明する。

「悪い鬼が村にやって来て、人間の仲間の鬼たちと戦うんだけど、村の鬼は数が少なくて負けそうになるんだ。そこで、人間たちが神様からもらった不思議なお菓子を食べて鬼になり、みんなで悪い鬼をやっつけました。めでたしめでたし」

「そう、それ！　不思議なお菓子を作ってください！」

必死に言い募る慧の手を父親が引っ張った。

「あのね、慧。そんな魔法みたいなお菓子は、この世界にはないんだよ」

慧は父親の手を振りほどく。

「だって、野菜屋さんのおばちゃんが、このお店の人がどんなお菓子でも作ってくれるって言ったよ」

「それは、常識的な範疇《はんちゅう》でだよ。だいたい、鬼に変身してなにをしたいの」

「セイギマンと一緒に、オニキングと戦うんだ！」

「ああ、ヒーローショーか」

慧は力強く唇を引き結ぶと、セイギマンの変身ポーズを披露した。

「僕もヒーローになるんだ！　ねえ、おじちゃん。不思議なお菓子を作ってください」

父親はなんとか慧を説得しようと試みる。

「慧、そんなこと言ってもお店の人が困るから……」

父親の言葉を遮《さえぎ》って、荘介が慧に言う。

「作れますよ」

荘介が慧に優しく微笑《ほほえ》みかけると、慧の表情からだんだん緊張したような力みが消えていき、明るい笑みが浮かんだ。

「鬼になれるお菓子じゃなくて、セイギマンと一緒に戦えるようになるお菓子なら作れるよ。それでいい？」

「うん！」

慧は大喜びで荘介にセイギマンについて熱の入った講釈を始めた。荘介はごく真面目に子どもに大人気の唯一無二のヒーロー、セイギマンの秘密の設定や裏話を慧から教わっている。それを微笑ましく眺めている久美に、父親がそっと小声で尋《たず》ねた。

「本当にそんなおとぎ話みたいなお菓子が作れるんですか」

「はい！　当店ではご注文いただいたら、どんなお菓子でも作ります。世界中のお菓子だけでなく、夢に出てくるお菓子でも。当店にないお菓子はございません」

胸を張る久美を見て、それでもまだ腑に落ちないらしい父親を、荘介は店内に招いた。

カランカランと鳴るドアベルに歓迎されて店に入る。こぢんまりとした空間だが、壁一面の大きなガラス窓のおかげで明るく、窓上部の無花果《いちじく》模様のステンドグラスが、彩り豊かな表情を見せる。窓の側のイートインスペースには、素朴だがどっしりとした造りのテーブルと揃いの椅子があり、その磨き込まれたツヤから長く大切に使われ続けたことがわかる。

ショーケースには雪だるま型のケーキや、白い生地に松の焼き印が小さく押されたふっくらしたもち菓子など、冬を感じさせる白を基調にしたお菓子が多い。その他にも名前も知らない外国の色とりどりのお菓子が並ぶ。

クリスマス間近なため、焼き菓子の棚にはドイツのクリスマスには定番のシュトーレンが大小さまざまなサイズで置かれ、小さなリースや折り紙で作ったクリスマスツリーなどのかわいらしいディスプレイでも季節感が味わえる。

ショーケースから目が離せない様子の慧を横目に、父親はまた荘介に尋ねた。

「ヒーローになれるお菓子なんて、どうやったら作れるんですか？」

「そこは企業秘密です。ですが、必ず息子さんの力になれるお菓子を作ります。いかがでしょう。ご予約いただけますか？」

「はあ、まあ……」

久美が差しだした予約表に「木下誠二《きのしたせいじ》」という名前と電話番号、受け取り日時を記入して、慧の父親はペンを置いた。

「セイコーモールでヒーローショーがあるんですよ。慧はそれをすごく楽しみにしているんです。セイギマンと一緒に戦うっていうのは、そのショーのときのことだと思うんですよね」

誠二が声を潜める。

「ヒーローショーでヒーローと一緒に戦うなんて。子どもが舞台に上がれるわけじゃないんだから、どう考えたって無理でしょう」

「そんなことはないです、子どもたちも戦えますよ」

荘介が真面目な顔で答える。あまりにも整った外見をした荘介が真剣に見つめると、妙な迫力が出る。誠二はその迫力に押されたかのように、黙ってしまった。危うく気まずい空気になりかかったところに、久美が声をかける。

「よろしければ、お飲み物と試食をどうぞ。サービスでお出ししているんですよ」

　イートインスペースにコーヒーとココアが準備されているのを見て、慧が駆けよっていく。誠二も軽く会釈《えしゃく》をして席についた。温かい飲み物で和《なご》み、ドイツ風のスパイスクッキーの試食も済ませると、親子は上機嫌で帰っていった。

　荘介と久美は揃って二人を見送り、店内に戻った。そのまま厨房《ちゅうぼう》に行こうとする荘介の腕を、久美ががっしりと握る。

「店長、徘徊するのはやめてくださいって、いつも言ってるでしょう」

　久美の腕をやんわりと握って外しながら、荘介は悲しみを表情に丸出しにして言う。

「徘徊って……。なんだか偏執的な行動を取っているような言われようですね」

「毎日毎日、飽きもせずに、仕事を中断してこっそり出ていくことが偏執的でないなら、なんなんですか」

　久美の言うとおり、営業時間中にもかかわらず毎日出歩いている荘介は、気まずそうに視線をそらす。

「今日だって、間に合ったから良かったですけど、木下様のご注文、私だけだったら受けられたかどうか」

「そんな心配はいりませんよ。久美さんほど優秀な販売員は他にはいません。だから、僕がいなくても大丈夫。安心してください」

天真爛漫《てんしんらんまん》といった様子の荘介を叱りつけようと、久美が眉を吊り上げたところでカランカランとドアベルが鳴り、客が入ってきた。振り返ったときには久美は優しい笑顔に、荘介は真面目な店長の顔になり、本日の営業はつつがなく進んでいった。


クリスマス直前はもれなく残業ばかりになる。今日も閉店時間の午後七時を回っても客足が途絶えなかったため、久美の仕事は定時を過ぎても終わらない。

それに反して荘介は明日の仕込みも終わらせ、のんびりと売り上げを締めている久美を待っていた。

「すみません、店長。お待たせしてしまって。もう少しかかりますから、良かったら、お先に帰っていただいても……」

申し訳ないと表情を曇らせる久美を見て、荘介は優しく言う。

「待っているのも楽しいよ。だけど、店長だなんて他人行儀だね。最近、仕事中は名前で呼んでくれないけど、どうしたの」

久美は手を止め顔を上げて荘介を真っ直ぐに見つめる。

「公私混同はしないようにと思って。店員として緊張感を持って働きたいんです」

しっかりものの部下であり、恋人でもある久美の真面目な姿勢を、荘介はいつも感心して見ている。

「僕も手伝いましょうか」

「いえ、店舗の仕事は私の責任ですから」

両手を胸の前でぎゅっと握ってみせて気合を入れた久美は、驚くべき速さで仕事を再開した。

ほどなくして事務仕事を終え、二人は揃って店を出た。はく息が白く空に昇っていく。それを追いかけて見上げると、真っ暗な空に冬の星が透明な水晶のように輝いている。

「冬ですねえ」

久美が漏らした言葉に荘介が答える。

「そうだね」

荘介は久美を家まで送っていくべく、手をつないで歩きだした。

「ヒーローショーの会場って外でしょうか。こんなに寒くて、子どもたちは凍えないのかな」

久美は、昼間の木下親子のことを心配しているらしい。

「セイコーモールは建物の中央に広場があるんだ。しっかり屋内だから、雨でも雪でも大丈夫だよ」

「そうなんですか、それなら良かった。そうだ、荘介さん。不思議なお菓子って、どんなものなんですか？」

　小柄な久美は荘介を見上げる。

「絵本で見ると、煎餅《せんべい》のようだったね。全体的に、日本の昔話のようなお話だから、クッキーではないでしょう」

「お煎餅なら、店の定番ですね」

　荘介は久美の視線に応えて頷く。

「そうだね。だけど、そこは不思議なお菓子だから、ひと味違うよ」

「ひと味……。劇的に甘いとか？」

「さあ、どうだろうね。今週、試作するから試食をお願いします」

「任せてください！」

　久美は力強く答えた。


　翌朝、久美が早朝に出勤すると、ショーケースの中には既にお菓子がぎっしりと並んでいて、荘介は厨房にいた。

「おはようございます、店長」

厨房を覗《のぞ》いて声をかけると、荘介は顔を上げて微笑んだ。

「おはようございます、久美さん。早いですね」

「早朝からお煎餅作りを始めるだろうなって思って、早めに来てみました」

荘介は視線を戻して、中断していた米研《と》ぎを再開する。

「さすが久美さん。勘が働きますね。ですが今は、普段の煎餅作りと変わりませんよ」

「ひと味違うところを見逃さないようにしようと思って」

「なるほど」

荘介は米を研ぎ終え、ざるに上げて調理台に置く。

「はい、今はここまで」

いつもと同じ工程だと聞き、何度も見学を重ねた久美は蓄えた知識を披露すべく、先生に聞いてもらいたい生徒のように手を挙げる。

「お米を乾燥させるんですよね」

久美の勉強熱心さを喜んだ荘介は深く頷いた。

「そう。透明感が消えるまで。さあ、他の仕事をしましょうか」

「はい」

開店時間よりもかなり早いが、荘介は予約が入ったシュトーレンの増産に取りかかり、久美は開店準備のために店舗に出ていった。

夕方まで乾燥させた米を、荘介が擂《す》り鉢で擂っているところに、久美がやって来た。
「あ、次の工程に入ってたんですね」
「はい。成形まで終わらせて、干して帰ろうと思って」
『お気に召すまま』で煎餅に使う米はうるち米だ。米を擂るといっても、手作業ではかなりの重労働になる。それでも機械を導入しないのは、この店の先代のお菓子作りに対する姿勢を引き継いでいるからかもしれないと久美は思う。

この店は先代である荘介の祖父が大正時代に始めた。建物はそのままで歴史の深さを感じられる。柱や壁も時代の流れを感じさせる渋い色合いになっている。厨房も先代がいた頃と同じように、水色のタイルの壁、大理石の天板を持つ調理台、木製の棚などがぴかぴかに磨き込まれて、今も往時のままに使い続けられている。

先代はドイツ菓子を専門に作っていて、伝統的なメニューを大切にしていた。

手作りにこだわり、お菓子の製法はできるだけ手作業で進めるのが『お気に召すま ま』のモットーだ。

荘介はそれらを守りながら、世界各国のお菓子を店に出す。

煎餅作りは、こまごまとした作業の積み重ねだ。

米をすべて粉に擂り終えたら、お湯を注ぎ、捏《こ》ねてまとめる。

ピンポン玉程度の大きさに分け、蒸し器で三十分ほど蒸す。

擂り鉢に生地を入れてつき、耳たぶほどのやわらかさにする。

生地を伸《の》して板状にする。

その生地を適当な大きさに型抜きすれば成形は完了だ。

煎餅も、荘介によって店に導入されたお菓子だ。頻繁に作られているので見慣れたものだが、成形されていく生地を見て、久美はぽつりと呟《つぶや》いた。

「……荘介さん。これはなにごとですか」

「これとは？」

久美は「これ」と言って、成形途中の生地を指差す。

「超巨大じゃないですか。お煎餅でシンバルでも作るんですか」

「もちろん、楽器は作りません。絵本に出てきた不思議なお菓子を作っているんですよ。

かなりリアルなタッチの絵でしたから、できるだけ再現しようと思って」

「神様がくれたんですよね。なんでそんなに大きいんですか」

「そこは書かれていなかったけれど。もしかしたら大きな鬼になるために、たくさんの栄養が必要だったのかもしれないね」

久美が心配そうに眉根を寄せる。

「こんなに大きかったら、慧くん、食べきれないんじゃないでしょうか」

「そこを心配してもしかたないよ。僕たちは注文していただいたお菓子を作ってお渡しする。そこまでが仕事なんだから」

「……そう、ですけど」

いつもなら客がお菓子を食べて幸せになってくれることを願う荘介が、なぜか慧の注文に対しては態度が冷たいような気がする。たしかに荘介が言ったとおり、お菓子を買ってくれた客がどんな食べ方をしても、それは客の自由だ。食べきれずに残しても、しかたのないことだと思う。

だが、今回のお菓子は、慧が戦うための力にならなければいけないのだ。おとぎ話の村人に大きな煎餅が必要だった理由が大きな鬼になるためだとしたら、慧の煎餅がこんなに大きい理由はなんだろう。

久美の疑問は深まるが、荘介はそんなことは知らぬ顔で、巨大な生地を網にのせて南向きの窓の側に吊るして仕事を終えた。

「そろそろ店じまいしましょうか」

荘介の言葉に、久美は「はい」と返事はしたものの疑問は残ったままだ。だが、お菓子作りは荘介の仕事、自分は口出しをしないと決めている。モヤモヤした気持ちのままで店舗へ戻り、それでも自分の仕事はしっかりと済ませた。

煎餅の生地は、それから五日間干され続けた。やわらかかった生地が硬くなっていくのを見るたびに、久美は煎餅が小さくなればいいのだが、と見守っていた。だが水分が抜けたといっても、煎餅の大きさには期待したほどの明確な縮みは見られない。そんな久美をしり目に、荘介は着々と煎餅作りを再開した。

普段は串団子などを焼いている炭焼き場に鉄製の脚を立てて、高い位置に網を置く。成形した煎餅の生地を網にのせ、遠火の低温で温める。

生地に大きな変化は見られないが、しっかり乾燥していっているのは、勘をつかんでいる荘介には手に取るようにわかる。

じっくりと生地と向きあっている荘介の背中に、久美が声をかけた。

「店長、温めたら、お煎餅小さくなりませんかね」

心配そうな顔をしている久美をちらりと見やった荘介は、冷静に返事をした。

「なりません。水分調整に失敗したら、硬くなったり割れたりはしますが」

「割れ煎餅なら、食べやすくていいかも」

一度、網から生地を下ろし、網を通常の高さに戻す。強火で焼いていくために煎餅の生地を網の上に戻しながら、荘介が久美を振り返った。

「そんなに心配ですか？」

店長の腕を信用していないのかと思われているのではと、久美は少し怯《ひる》んで、そっと小さな声を出す。

「だって、慧くんの小柄さを見ちゃってますから。このお煎餅、慧くんの顔ぐらい大きいですよ」

荘介は煎餅を裏表と返しながら答える。

「そうです。不思議なお菓子は大きくないといけない」

「大きすぎたら食べきれなくて、ヒーローに変身できないんじゃないでしょうか」

荘介は心配性な久美の様子を、クスリと笑う。

「ご注文はヒーローと一緒にオニキングという鬼の姿の敵と戦えるようになるお菓子ですよ。変身はしなくていいんだ」

久美は眉根を寄せて考え込んだ。その姿を優しく見つめてから、荘介は作業に戻った。

煎餅が膨らんできたら、ヘラで押して薄くする。くるりくるりと返していると、煎餅は徐々にキツネ色になっていく。

「セイギマンって、変身していないときはなにをしてるんでしょうか」

久美の唐突の疑問に荘介は間を置くこともなく、すらっと答えた。

「ピザ屋の配達員をしているよ。三十分以内にピザを配達するために、スピード勝負で戦いを終わらせないといけないこともあるんだ」

即座に答えが返ってくるとは思っていなかった久美は驚いて、「え」と声を漏らした。

「荘介さん、もしかして、セイギマン好きなんですか？」

「嫌いじゃありません」

毎日、街を放浪しているために、老若男女《ろうにゃくなんにょ》問わず知りあいが多い荘介には子どもの友達も多い。案外、子ども向けのテレビ番組などにも詳しいのだろう。久美は悔しげに、それこそ子どもっぽく唇を尖《とが》らせてみせる。

「絵本のこともセイギマンのことも知っていて。私より荘介さんの方が、慧くんの理解者なのかもしれないですね」

「さあ、それはどうでしょう」

焼きあがった煎餅に砂糖と醤油《しょうゆ》を混ぜたタレを塗り、裏返してまた塗る。数回繰り返すうちに、厨房には香ばしい香りが満ちた。

「焼けました。あとは冷ませば出来上がりです」

目の大きな網にのせられた巨大な煎餅を見て、久美はため息をつく。いつも煎餅を冷ますときに活躍する網を大きいと思っていたのだが、その網が小さく見えるほど、この煎餅は巨大だ。

「大きいですね」

「はい。通常の煎餅の六枚分ほどでしょうか」

荘介を見上げてみたが、いつもどおりの飄々《ひょうひょう》とした様子で、煎餅が大きすぎることについて、なにも考えていないように見える。久美は気を揉《も》みながらも、乾燥していく煎餅に背を向けて店舗の仕事をこなした。

『お気に召すまま』では、昼休みを久美と荘介で交代して取るのだが、今日は久美が昼休みを取るために厨房に入っても、荘介は店番に出ていかない。厨房にいてもドアベルが聞こえるので誰も店に立っていなくても問題はないのだが、久美には別の心配がある。

「久美さん、試食をお願いします」

試食は久美の大切な仕事だ。試食係としての働きを、久美自身、誇りに思っている。だが、目の前にある試食用に焼かれた煎餅のあまりの大きさに怯んでしまう。ざるにのったままの煎餅になかなか手が出ない。

「味つけはいつもと同じにしています。ですが、大きくなった分、食感が違うと思います」

巨大煎餅は、ヘラでぎゅうぎゅう押さえつけられていたが、それでも分厚い。目の高さまで持ち上げてみると、厚さは二センチちかくありそうだ。触り心地は普通の煎餅より硬い。

手で小さく割ろうかと思ったが、それはヒーローに憧れる子どもの食べ方ではないだろう。久美は覚悟を決め、口を大きく開けて煎餅に噛《か》みつく。ガリっと歯でも折れたかと思うような硬い音がした。久美が口を動かすたびにガリッ、ゴリッと大きな音がする。

「どうですか」

荘介が、やっと一口目を飲み込んだ久美に尋ねる。

「苦行のようです」

荘介は苦笑いして「味のことですよ」と、久美にもちゃんとわかっていることをわざわざ言葉にした。

「もちろん、美味《おい》しいです。砂糖醤油の絶妙なバランス、香ばしい焼き加減。噛み応えのある硬さ。でも……」

久美が言葉を切って荘介の目をじっと見つめる。荘介は優しい表情で久美が続きを話すのを黙って待った。

「分厚すぎて噛みにくいし、口に入れてからも奥歯で擂り潰すようにして噛まなければいけません。口の中の水分もかなり持っていかれます。堅焼きが好きな方は絶賛するでしょうけど、私は子どもには勧めません」

荘介は表情を変えることなく頷く。

「お渡しするときに、お茶を付けた方がいいみたいですね。準備しておきます」

そう言い残して店舗へ出ていってしまう。久美は試食係としての意見をまったく汲《く》んでもらえなかったことに少なからずショックを受けた。だが、久美の反対を押しきってまで慧に大きすぎる煎餅を渡そうとするのには、なにか理由があるのだろう。

それがなんなのか昼休み中考え続けたが、とうとう答えは見つからずに、モヤモヤしたまま仕事に戻った。

　セイギマンは日曜日の朝に放映されている。休日の惰眠《だみん》をかなぐり捨てて、久美は早起きしてテレビをつけた。荘介が言っていたとおり、敵は鬼をモチーフにしたデザインだ。

　子どもたちを攫《さら》って鬼の手下にする術をかけようとしたところに、セイギマンが颯爽とやって来る。セイギマンはあっという間に鬼たちを倒して、子どもたちを救いだした。

　慧はテレビの前でセイギマンと一緒に戦えることを信じてワクワクしているのではないだろうか。変身ポーズも、ヒーローの名乗りも練習してはいないだろうか。あの煎餅を見た慧は、いったいどんな顔をするだろう。

　その答えを、久美は翌週の土曜日に知った。

　カランカランとドアベルを鳴らしてやって来た慧は、期待で目を輝かせて久美を見上げる。

「おはようございます！」

　折り目正しく挨拶した慧に「おはようございます」としっかりと挨拶を返して、久美は予約の品をショーケースの裏の棚から下ろした。

久美から手渡された巨大煎餅を受け取ると、慧はぽかんと口を開けた。父親の誠二もそっくりな表情で固まってしまっている。だが、慧はすぐに笑顔になった。

「本物の不思議なお菓子だ！　これで僕はセイギマンと一緒に戦える！　ねえねえ、パパ見て」

慧は透明な袋に入った煎餅を振り回しながら変身ポーズを取ってみせた。誠二は困惑した様子で慧を見つめる。

「そんなに大きな煎餅じゃ、慧には食べきれないんじゃないか？」

「大丈夫だよ！　不思議なお菓子は全部食べたときに変身できるんだ。今はまだ違うんだよ。僕、明日がんばって全部食べるよ！」

誠二の複雑な表情は、慧のがんばりが徒労に終わることを心配しながらも、それを慧に知らせることを躊躇《ちゅうちょ》しているというところだろう。それはここ数日、久美が抱いている感情と同じだ。

慧ががんばって煎餅を食べ終えても、ステージのセイギマンを見上げることしかできなかったら。注文どおりのお菓子を作れない店だと思われたら。荘介の腕は信じられないと思われたら、いったいどうしようと久美は心配で緊張していた。だが、そんな思いを表情に出すわけにはいかない。胸を張ってお菓子を渡さなければならない。

「堅焼きなので、水分を取りながら召し上がってください」

ペットボトルのお茶を誠二に手渡す。誠二の表情がさらに険しさを帯びる。それでも誠二はなにも言わずに会計を終え、大喜びしている慧の手を引いて帰っていった。

「ヒーローショーは明日でしたね」

いつのまにか店舗に出てきていた荘介が言う。久美は黙って頷いた。

「そんなに暗い顔をしないで。不思議なお菓子はきっと慧くんの願いを叶えます」

自信あふれる荘介がどんな考えで今回のお菓子を作ったのかわからずに、久美はまた頷くことしかできなかった。

翌日曜日は『お気に召すまま』の定休日だ。久美は今週もセイギマンを見てみた。変身して敵を倒していく姿は凛々《りり》しく、頼もしい。子どもが憧れるのがよくわかる。慧はその憧れを保ち続けることができるのだろうか。ヒーローと一緒に戦えなかったと落ち込んで、子どもらしい夢を捨ててしまいはしないか。

久美はたまらなく心配になって、家から駆けだした。

慧と誠二はかなり早い時間からヒーローショーの会場にやって来ていた。

セイコーモールは四階建ての大きな円柱状の建物で、一、二階がショッピングフロア、三、四階は駐車場になっている。

一階の中心に広場があり、さまざまな催しものが行われる。吹き抜けになっているため、二階から催しものを見下ろすこともできた。

その広場に、今日はセイギマンショーのためのステージが作られている。ステージ前に敷かれた薄手のカーペットの最前列を陣取って、慧はにこにこと、手にした煎餅に噛みついた。

「慧、煎餅、もう食べちゃうのか？」

ガリガリと大きな音を立てて噛み砕いた煎餅を必死になって飲み下し、慧は真剣な顔で頷く。

「だって早く食べておかないと、セイギマンが出てきたときに一緒に戦えないよ」

巨大煎餅を不思議なお菓子であると信じきっている慧に、この世には本当は変身できる人間などいないのだという現実を、今日、つきつけてしまうことになるだろう。

それはいつか知ることだ。意地の悪い子どもからヒーローは存在しないと教えられ、笑いものにされるようなことがあるかもしれない。そんな目にあうよりは、お菓子では変身できない、魔法のようなお菓子はないのだと理由を付けられるだけ、慧を傷つけずに済むだろうか。ヒーローと一緒に戦うという夢は誰も叶えられないのだと理解してくれるだろうか。だが、それはショーをずっと心待ちにしていた今日でなくても……。

誠二は悩みながらも、ヒーローショーを見せずに立ち去ることもできない。そんなことを考えている間にも、慧は煎餅を食べ進めていく。

「慧、お茶を飲んでおいた方がいいよ」

ペットボトルを渡すと、慧はごくごくと喉を鳴らしてお茶を飲む。

「お煎餅とお茶は合うなあ」

にこにこ顔で渋い発言をしていたが、やっと半分食べ終えた頃に動きが止まった。子どもらしからぬ大きなため息をつく。心配した誠二がおろおろと慧の顔を覗き込んだ。

「慧、パパが手伝おうか？」

そう言われても慧は頑《かたく》なに首を横に振る。

「一人で全部食べないといけないんだ。絵本にちゃんと書いてあった」

真剣な表情を浮かべて、また巨大煎餅に挑む。だが、残りあと一口というところで、どうしても口が動かなくなってしまった。口の中の煎餅をなんとかお茶で飲み下したがそこまでだった。

両手で握り締めた煎餅の一欠けらを見つめる慧の目に、見る間に涙が浮かぶ。

「ううー……」

唸《うな》りながら煎餅をにらみつける慧に、誠二がまた問いかける。

「パパが食べてやろうか？」

慧は黙ったまま、誠二の声が聞こえていないかのように俯《うつむ》いた。

「みんなー、こんにちはー！」

いつの間にかステージに、ひらひらのスカートをはいた女性が上がっていた。マイクを握って、大勢集まった子どもたちに元気に呼びかける。

「今日は、みんなの大好きなセイギマンが来てくれるよ！　みんなで呼んでみよう！　せーの、セイギマーン！」

会場中の子どもたちが「セイギマーン」と大声で呼んだが、慧は先ほどから動かず、ステージを見上げることもない。

「ほら、慧。セイギマンが出てくるよ」

誠二が慧の両肩に手を置くと、慧はそっと顔を上げた。ちょうどそのとき、ステージにセイギマンが現れた。

「やあ、みんな。私はセイギマン。オニキングを倒すために戦っている」

スピーカーから流れだす口上の途中で、敵の鬼たちがステージに駆け上がり、セイギマンを取り囲む。たった一人のセイギマンにたくさんの鬼が攻撃をしかける。慧の視線がセイギマンに向かい、煎餅を握る手に力が籠《こも》った。

「みんな、セイギマンに力を貸して！」

女性の声を合図に、子どもたちはセイギマンを応援して大声で名前を呼ぶ。誠二は慧の肩を軽く叩いた。慧は抑えていたものが噴きだしたかのように大声で叫んだ。

「セイギマン、がんばれー！」

ショーの間中、慧は食い入るようにステージ上のセイギマンを見つめ、名前を呼び続けた。ショーの終わりには煎餅のことも忘れたのか、笑顔も戻った。

誠二はほっと息をついて、敵が去った平和なステージの方を指さす。

「ほら、慧。握手会に行こうか」

ステージの前にはずらりと長く、子どもたちの列ができている。ステージに上がり、セイギマンと握手をして一緒に写真が撮れるというサービスの時間だ。

ショーを見ていたほとんどの子どもたちが列に並んでいるようだった。誠二は慧の肩を押したが、その表情はまた硬くなってしまっている。

「どうした、慧。セイギマンと写真を撮ってもらうって言ってただろう」

列は徐々に短くなり、もう数人の子どもが待っているだけだ。マイクを持った女性が会場を見渡す。

「他に、セイギマンと握手したいお友達はいないかな？」

誠二は慌てて慧の手を取る。

「ほら、慧。握手会が終わっちゃうから、急いで」

慧は誠二に手を引かれるままに、しぶしぶステージに近づいた。列はもうなくなっていて、慧が最後の一人だ。

「はーい、たくさん応援してくれた、元気なお友達だね。セイギマンが君のこと、待ってたよ」

女性の言葉を聞いた慧の目に、じわりと涙が浮かぶ。セイギマンはしゃがんで、慧の頭に優しく手を置いた。すると慧はぼろぼろと泣きだしてしまった。

「ごめんなさい、セイギマン。僕、一緒に戦おうって思ってたのに。不思議なお菓子を全部食べられなくて、セイギマンみたいになれなかった」

泣き続ける慧の頭を優しく撫《な》でて、セイギマンは慧が握っている一口大になった煎餅を指さした。慧は泣きやみ、セイギマンの動きを見つめる。煎餅を指さし、手を差しだして、セイギマンは力強く頷いた。慧はおそるおそる最後の一口の煎餅をセイギマンに渡した。

セイギマンは立ち上がると、煎餅を握ったまま変身ポーズを取る。女性がマイクを通さずに慧に話しかけた。

「セイギマンは、みんなの応援で強くなれるんだよ。君は応援してセイギマンと一緒に戦ってくれたね。だからセイギマンは、ほら。とっても強かったでしょ」

慧は半信半疑でセイギマンを見上げた。変身ポーズを解いたセイギマンは慧の手を取り、力強く握った。まるで戦友にするかのようなその仕草に、慧は満面に笑みを浮かべた。

＊＊＊

久美はショーの間ずっと、二階通路の手すりにすがりついて、一階を見下ろしていた。慧が煎餅を食べ終えられなかったところも、深く俯いていたところもはっきりと見えた。

今もステージを降りた慧の姿が見える。ショーの前に見せた暗い雰囲気は消え、元気良くセイギマンに手を振っている。

誠二も心から嬉しそうな笑顔で慧と手をつないだ。二人は明るい表情でなにか話しながら去っていく。きっと慧がショーの感想や感激を伝えているのだろう。

「セイギマンは無事、勝ったね」

久美は突然後ろから聞こえた声に、慌てて振り返る。

「荘介さん！　いつからいたんですか」

「ショーの最初からだよ」

「全然気づきませんでした。声をかけてくれたら良かったのに」

「集中しているようだったから、邪魔しない方がいいかと」

久美は小さく頷いた。声をかけられていても慧のことが気になって、話をする余裕などなかっただろう。

「慧くん、笑顔でした」

「そうだね」

手すりに背中を凭《もた》せかけ、荘介はいつもの自信に満ちた笑みを浮かべる。久美はその自信はどこからくるのか尋ねてみた。

「お煎餅を食べきることができなくてヒーローに変身していないのに、慧くんはどうして笑顔で帰れたんでしょう」

「慧くんは最初からヒーローだったんだ。不思議なお菓子は、きっとそれを伝えたはずだよ」

「最初からヒーローって、どういうことですか？」

荘介は振り返って一階を見下ろす。ステージ周りでは機材がかたづけられているところだ。

「煎餅は食べきれないことを想定して作ったんだ」

久美は眉をひそめる。

「わざとだったんですか。でも、なんで？」

「慧くんが自分を信じて、食べ終えようとがんばるってわかっていたからだよ」

「でも食べきれなかったら、自信を失《な》くしちゃうじゃないですか。夢が叶わないんですよ」

「本当の自信は挫折してもなお、諦めないことでつくものだと僕は思うよ。食べきれなくても慧くんは力いっぱい応援していたよね。セイギマンを信じることを諦めなかった。慧くんくらいの年齢なら、もうヒーローがいないと思っている子もいるだろう。そんな中でもヒーローを信じ続ける慧くんの強さを僕は感じていたんだ」

荘介は一階のステージを指さす。

「あそこに登ろうと客席にいようと、『正義の心を持っていたら、みんなヒーローなのだから』」

　久美がふふふと笑う。

「それ、セイギマンのオープニングテーマの歌詞じゃないですか」

「ばれたか」

　客から注文されるさまざまなお菓子を作り上げるという使命を背負った荘介は、久美にとって頼もしいヒーローだ。自分は荘介と一緒に厨房で並んでお菓子を作るという戦い方はできないが、応援して力づけることができる。ヒーローが心置きなく戦えるように、支えることができる。

「久美さん、どうかしましたか？」

　だが、厨房から一歩出るとヒーローはとたんに頼りなくなる。サボるし、放浪するし、油断していると店の備品として高額な買い物をしてくることもある。

「私もお煎餅を食べたけんね」

　ちょっと困ったところもあるが、愛すべき愉快なパートナーだ。もしも悪い敵が現れたなら一緒に戦いたい。

「私がいますから、安心してくださいね」

　力強い久美の言葉がなにを指しているのかわからないようで、荘介はぱちくりと瞬《まばた》きをしたが、すぐに笑みを浮かべた。

「はい。頼りにしています」

久美はヒーローのように腰に手をあてて、「任せなさい！」と胸を張った。

仲良しのスモア

「ったく、なんで俺がこんなことを……」

ぶつぶつと文句を言いながらも、班目《まだらめ》太一郎《いちろう》はてきぱきとバーベキューコンロに炭火を熾《おこ》していた。荘介の自宅一階にある風通しのいいガレージが今日のパーティー会場だ。

古い二階建ての一階を改装してガレージにしたのは、この家の先住の男性だ。バイクも自動車も持たない荘介は、趣味で収集している食器や料理本を置くスペースとして使っている。それでもまだ広々としていて、冬場のバーベキューの会場にするにはもってこいだった。ただ、日も暮れきった午後七時過ぎにもなると、寒くてしかたない。

「だいたい、荘介もクリスマス当日なんて忙しいに決まってるのに、なんで由岐絵《ゆきえ》の招集に応えるかねえ」

班目と安西《あんざい》由岐絵は荘介の幼馴染みで、ことあるごとに集まっては騒ぐ仲間だ。呼びだすのは大抵、由岐絵なのだが、班目も荘介も基本的には集まることを楽しんでいる。久美が『お気に召すまま』で働くようになってからは仲間入りして四人でいることも多い。

「おっつかれー！」

元気に手を振りながら由岐絵がやって来た。ガレージの引き戸を全開にして火に近づく。

「おい、閉めろよ。寒いだろ」

「バカ言ってるんじゃないわよ。閉めきったところでバーベキューなんて、一酸化炭素中毒になるでしょうが」

由岐絵は小脇に抱えている段ボール箱を床に下ろした。班目が準備したバーベキューコンロを囲む椅子の一つにどっかりと座って、火に両手をかざす。

「あー、五臓六腑《ごぞうろっぷ》に染みわたる」

「意味わからんことを言うな。それより、なんで俺が一人で働かされてるんだよ」

班目ががっしりした体格を駆使して威圧感を与えようと、高い位置から由岐絵を見下ろす。

「得意でしょ、アウトドア」

「ここはアウトじゃない。インドアだ」

こちらも大柄な由岐絵はすっくと立ちあがり、不敵な笑みで班目と対峙《たいじ》する。

「そんなに文句ばかり言ってると、なにも食べさせてやらないよ」

ぐっと言葉に詰まり、班目は段ボール箱に目をやった。

「肉は十分にあるんだろうな」

「なに言ってるの、うちは八百屋だよ。お肉は取り扱っていません」

由岐絵は段ボール箱を開けてみせる。中にはぴかぴかに新鮮な野菜がぎっしり入っている。由岐絵が切り盛りする八百屋『由辰《よしたつ》』自慢の旬のものばかりだ。

だが班目は不満げに鼻を鳴らした。

「野菜じゃ腹は膨れん」

「じゃあ、自分で買ってくれば」

二人は火花が散りそうなほどの気迫でにらみ合う。肉がないことが許せない班目と、自慢の野菜を軽んじられた由岐絵。どちらも譲る気はなさそうだ。

「ただいま。二人とも、なにしてるの?」

荘介の声に、二人は振り返った。荘介の隣に立つ久美が怖い顔をして班目に視線を送る。

「また班目さんがいたずらしてるんですか」

「そんなことするかよ。栄養バランスについて議論していただけだ」

由岐絵が泣き真似しながら久美に抱きつく。

「班目ったら、うちの野菜に難癖つけるのよお」

「つけてないだろ。もういい、肉を買いにいく」

ガレージを出ていこうとした班目を、荘介がのんびりと呼び止めた。

「お肉なら、班目が好きなだけ食べても足りると思うけど」

ぴたりと足を止めた班目がゆっくり振り返り、由岐絵をにらみつける。

「肉、用意してるんじゃねえか」

「私はしてない。野菜係だから」

「役割分担ができてるなら、そう言えよ！」

まさに一触即発という二人の真ん中に久美が割って入る。

「荘介さんがお肉、由岐絵さんがお野菜。これで栄養バランス、ばっちりですね」

明るい笑顔を見せる久美が仲裁して場は収まった。

荘介が二階のキッチンまで肉を取りにいっている間に、バーベキューの準備は着々と進められる。由岐絵がカットを済ませてきた野菜を久美と二人で串に刺す。班目はガレージに点在する食器棚から、適当な皿を引っ張りだす。

いつも集まるメンバーだけあって、息が合った動きだ。早々と野菜串の準備を終え、火にかけようとした久美を班目が止めた。

「久美ちゃん、バーベキューってのはな、まずは肉からいくもんだ」

「でも、お肉より野菜の方が、焼けるまでに時間がかかりませんか？」

「それがなんだ？」

「お肉から焼いたら、野菜が焼けるまで待っていなければならないですよ」

班目は、ふっと笑ってゆっくりと首を横に振る。

「わかってないな、久美ちゃんは。いいか、まず肉を焼く。肉を食う。空いたスペースに野菜をのせて肉ものせる。野菜が焼けるまでに肉を食う。野菜が焼けたら、そのスペースに肉を……」

肉、肉と喋り続ける班目を無視して、もとの椅子に腰を下ろした由岐絵が、網の上に隙間なく野菜串を敷き詰めた。

「あっ！　肉のスペースがなくなるだろうが！」

「うるさいな。野菜から食べた方が太りにくいのよ」

「どんな食べ方をしたって、大量に食べれば変わらんぞ」

万年ダイエッターの久美が目を丸くする。

「野菜が先だったら太りにくいって有名じゃないですか。ちょっとくらい食べすぎても効果は出るんじゃないですか」

班目は肩をすくめて「やれやれ」と呟く。

「久美ちゃんが言う『ちょっと』は、ごはんを大盛りでお代わりするくらいの量じゃないか。話にならん」

猛然と噛みつこうとした久美を由岐絵が押しとどめた。

「実践して結果を出して見せつけようじゃないの。スリムで美しい私たちを見て吠え面かくといいわ」

「なんだか微妙に言葉の使い方が違う気がするけれど」

言いながら二階から降りてきた荘介は、大きなトレイに山のように盛った肉類を抱えている。班目がさっと動いて荘介からトレイを受けとった。

「おい、由岐絵。早く野菜をどけろ」

「まだ焼けてないわよ」

「大根は生でいいだろ」

久美が呆れたと言わんばかりに大きなため息をつく。

「野菜は生って決めつけるなんて。班目さんはフードライターを仕事にしてるのに、いろいろな調理法でより美味しく食べようっていう気持ちはないんですか」

「もちろん、あるに決まってるだろう。だが、その三浦大根《みうらだいこん》はみずみずしいのが特徴だからな。水分が飛んでしまうまで焼いてたら台無しだ」

班目の話を聞いて蘊蓄《うんちく》を語りたくなったのか、荘介が口を挟んだ。

「たしかに、この大根は水気が多い。だからといって、煮物や大根おろしだけに向いているわけじゃないよ。水分が多いおかげで火であぶってもジューシーなんだ」

「そうはいってもだな……」

議論を始めた二人を放っておいて、久美は由岐絵の隣に腰かけた。

「由岐絵さん、なんで突然クリスマス会なんですか？　ご家族はいいんですか？」

突然、由岐絵の目にみるみる涙が溜まる。

「隼人《はやと》が……、隼人があ」

一人息子の名前を繰り返すばかりで言葉の続きが出てこない由岐絵を見て、どんな大変な事態が起きたのかと、久美は固唾《かたず》を呑んだ。

「隼人が……、お友達の家のクリスマスパーティーに行っちゃったのお」

そう言うと由岐絵は声をあげて泣きだした。その泣き声で議論を止めた班目がため息交じりに言う。

「おまえなあ。隼人は来年、小学生だろ。いい加減、子離れしろよ」

由岐絵はキッと班目《はたち》をにらむ。

「二十歳過ぎようが還暦過ぎようが、親にとって子どもは子どもなんだから！」

「そういう話は今してないだろ」

呆れ口調の班目を無視して、由岐絵は久美に抱きついた。

「久美ちゃーん、寂しいよう」

久美は由岐絵の背中を撫でてやりながら、救いを求めて荘介を見上げた。久美を取られた無念を晴らそうと、荘介が由岐絵の頭をぽんぽんぽんぽんと、しつこく叩きながら言う。

「そんなに寂しいなら一緒に行けば良かったじゃない。お呼ばれは子どもたちだけだったの？」

荘介の疑問に由岐絵は首を横に振り、そっと涙を服の袖で拭った。

「パーティーは十八時からで終わりは遅くなるからって親も一緒に招待されたよ。けど、そんな時間だとまだ店があるからさ、うちは紀之《のりゆき》に行ってもらった」

由岐絵の夫の紀之は子育てにも協力的、というか、夫婦どちらも息子の面倒を見たがり毎日取りあいしているほどだ。

「幼稚園の催しもののときだって、紀之は会社員だから有給休暇をすぐ取っちゃうのよ。私だって店を臨時休業にしたいよ」

また、しくしく泣きだした由岐絵に班目が冷ややかな視線を向ける。

「できもしないことを考えても無駄だぜ。お前にとって店は息子と同じくらい大事なんだろ」

由岐絵はこっくりと頷いて、久美を離した。

「肉を食え、肉を。牛肉のトリプトファンをたっぷり取ってセロトニンを生成しろ。幸せホルモンで覚醒しろ」

班目が、ちょうど良く焼けた大量の野菜串を全員の皿に取り分けて、牛肉を網全体に隙間なく広げていく。泣いていたのが嘘のように由岐絵はさっさと野菜串に齧《かじ》りついた。

「ほら、久美ちゃんも食べて、美味しいんだから。荘介もぼーっとしてないで。班目も肉にばっかり執着しないで野菜を食べなさい」

「お前らのために焼いてるんだろうが」

言い返しながらも、右手にトング、左手に野菜串と食べることも忘れない。

「班目さん、トリプトファンってなんですか？」

熱々のかぼちゃを口いっぱいに頬張ったばかりの班目に代わって、久美の質問に荘介が答えた。

「トリプトファンというのは必須アミノ酸の一つで、セロトニンという脳内物質を作る材料になるんだ。セロトニンはリラックスや幸福感に関わるから、不足すると憂鬱《ゆううつ》になったりイライラしやすくなったりすると言われているよ」

「じゃあ、たくさん取らなきゃいけませんね。でも、食べすぎたら太るし……」

「牛肉の赤身にはカルニチンというアミノ酸も多いんだけど、それは脂肪燃焼に効果があるとも言うね」

久美の目がぎらりと光る。

「じゃあ、たくさん食べないと！」

狩人のように鋭い視線で肉の焼き加減を見抜こうとしている久美の皿に、班目がまだ生焼けの肉を入れてやった。


一時間が経ち、ひとしきり飲み食いして全員の箸の動きが鈍くなってきた。

「じゃあ、あれ、いくわよ」

「あれって？」

不思議そうにする班目に由岐絵が不気味に笑ってみせる。

「ふっふっふ。パーティーであれと言えば、あれしかないでしょう」

「プレゼント交換ですね！」

嬉しそうにいそいそとカバンを取り上げて小さな包みを取りだす久美に、班目が慌てて声をかける。

「プレゼント交換するなんて聞いてないぞ」

由岐絵が不気味な笑みを崩さないまま宣言する。

「あんたには言ってないからね」

「なんでだよ、俺も仲間に入れろよ」

「どうせ笑えないネタを仕込んでくるんだから。聖なる夜に下手なギャグはいらないのよ」

「下手なギャグって言うな。俺だって時と場合を選んでだな……」

勢いよく立ち上がってぎゃあぎゃあと言い合いを始めた二人をよそに、荘介が席を立った。

「僕もプレゼントを取ってくるよ。デザートも準備してくるから、網の上のものをかたづけておいて」

「はーい。いってらっしゃい」

ひらひらと手を振る久美に見送られて荘介が二階に上がっていくと、満腹気味にもかかわらず、久美は網の上に残っていた肉をひょいひょいと口に放り込んだ。

戻ってきた荘介は、トレイにビスケットとマシュマロ、チョコレートを積み、その横にリボンがかかった小さな箱をのせている。

「荘介、お前ズルいぞ。なんで俺に教えてくれないんだ」

「まあ、そう悲観的にならないで。これをあげるから」

荘介はトレイを置くと、マシュマロの陰になっていた小さなボトルを班目に差しだした。

「おお、ウイスキー。なんだよ、プレゼントくれるなんて殊勝だな」

「私もプレゼントありますよ」

久美がカバンから焼酎《しょうちゅう》の小箱を取りだす。

「なんだよ、なんだよ。みんな優しいじゃないか」

班目は破顔して由岐絵に両手をつきだした。

「は？　なに？」

「プレゼントは？」

「あるわけないでしょ。さあ、二人とも、プレゼント交換するわよー」

「おまえ、鬼だな」

班目の言葉をまるっと無視した由岐絵は、ポケットから赤いリボンが付いた小さな紙包みを取りだし、久美に差しだす。

「はい」

久美は楽しそうに紙包みを受け取る。

「ちょうだい」

由岐絵がかわいらしい笑顔で久美のプレゼントの包みを指さす。

「えっと、これですか？」

久美が包みを手渡すと、由岐絵は間髪容れずにばりばりと包みを開けた。

「え、由岐絵さん。プレゼント交換って、ぐるぐる回したりしないんですか？」

「私は久美ちゃんのプレゼントがいいいんだもーん」

欲望のままに勝ち取った久美の包みの中身は、ふかふかのハンドタオルだ。

「二人のどちらにいくかわからなかったから、どちらでも使えるようにと思って」

「ありがとー、久美ちゃあん！　ハンドタオル、毎日使うから嬉しい！」

久美に抱きつこうとした由岐絵をやんわりと押しやって、荘介が久美に小箱を差しだした。

「こうなると思ってました。これは久美さんへのプレゼントです」

「あ、じゃあ、由岐絵さんのプレゼントは荘介さんに……」

「だめ！　それは久美ちゃんへのプレゼントなんだから！」

わがままを通す由岐絵に班目が冷ややかな声で言う。

「いったい、お前はなにがしたいんだ」

「久美ちゃんとプレゼント交換がしたい」

荘介が静かに頷く。

「そうだと思った。班目、この茶番に付き合わなくて済んで良かったでしょう」

「まったくだ。知らせてくれなかったこと、礼を言う」

久美は左右の手にプレゼントをのせて「えーっと」と思案顔だ。

「どうしたの、久美ちゃん」

「いえ、どっちから開ければいいものかと、ちょっと悩んでます」

「私のから開けてくれるよね？　私のプレゼントを一番に開けてくれるよね？」

両手を組んでお願いポーズをする由岐絵を笑って見ながら、荘介は久美の手から小箱を取り上げた。

「久美さん、由岐絵のわがままを聞いてやって。こっちは僕が開けておくから」

「そうですか。ではでは」

リボンを解いて袋の中を覗いた久美から「わあ」と感嘆の声があがる。

「これ、好きなんです。雪が降るやつ」

言いながら久美が取りだした球形の置物を見た班目が語りだした。

「それの名前はスノードームだ。ガラスの中に入っているのは水にグリセリンなんかを混ぜたものだ。グリセリンはスノーパウダーという白い粉を、ゆっくり時間をかけて舞わせるために……」

班目の言葉はまったく聞こえていないのか、久美が由岐絵に向かって言う。

「きれい。小さなお店が入っているのがいいですね、由岐絵さん」

「でしょう。『お気に召すまま』の雰囲気に似てるかなと思って、これにしたの」

「ありがとうございます！　大切にしますね！」

女性同士、華やかに盛り上がっているところに班目が不機嫌な声をかける。

「人の話を聞け」

「やだ。あんたの話は長い」

自覚があるようで黙り込んだ班目を放っておいて、荘介が久美にプレゼントを差しだした。銀の三日月に小さな真珠が付いた指輪だ。

「かわいい。これ、私がもらっていいんですか？」

荘介は黙って頷くと、久美の左手を取った。

「メリークリスマス、久美さん」

久美の薬指に指輪をはめる。久美はそっと左手を光に掲げて指輪を見つめた。

「きれい……」

「お、荘介はいよいよ久美ちゃんに本格的なプロポーズか」

「え!?」

班目の言葉に驚いた久美は、飛び上がるようにして立ち上がり、目を丸くして荘介を見た。

「え!?」

驚きすぎて、「え」以外の言葉が出ない久美を、荘介は愛おしそうに見つめる。

「え!?」

由岐絵を見ても、彼女もまた優しげな視線をくれるだけだ。

「え!?」

パニックになった久美に最後に見つめられて、班目は妙におじいさんくさい口調で尋ねる。

「久美ちゃんや。君の誕生日はいつかね？」

「……六月十五日です」

「誕生石はなにか知っているかね？」

「真珠です」

「婚約指輪には誕生石が付いたものを選ぶことが多いということは、知っているかね」

「婚約!?」

久美の顔が一瞬で真っ赤になる。ぱっと見上げると、荘介は微笑みを崩すことなく久美を見つめ続けている。なにか言わなければと思いながらも、久美は口をぱくぱく動かすことしかできない。

「え、そ、そうなんですか? 私、普通のクリスマスプレゼントだと思って、あの、その。え、こんなとき、どうすれば?」

場の中で一人だけ既婚の由岐絵に救いを求めて縋《すが》りつくと、由岐絵は優しく久美の肩を叩いた。

「大丈夫。ゆっくり考えればいいのよ。荘介だってたいした意味もなく買ってきたんだから。ねえ、そうでしょ、荘介」

「そうだね。でも久美さんが、これが婚約指輪がいいって言うのなら、そうしようか」

「えっと、えっと、あの」

真っ赤な顔で視線を泳がせる久美を、荘介は楽しそうに眺める。久美はとうとう恥ずかしさが上限に達して、両手で顔を覆《おお》った。

「ま、また今度で……」

荘介はくすくすと笑いだす。

「久美さんの速度でいいですよ」

のんびりした荘介に班目が茶々を入れる。

「そんなこと言ってるとじいさんになっちまうぞ」

「いいのよ。荘介なんて、もうおじさんなんだから。久美ちゃんさえよければ、おじいさんになるまで待たせても」

「由岐絵、僕と同い年なのに、おじさんはひどいよ」

「あら、私はおばさんだって自覚してるわよ」

「俺もおじさんでいいぞ。いつまでも若いつもりでいても、体に出てくるんだぜ、荘介」

「…………」

同年の幼馴染み二人に言い負かされて、荘介は椅子に腰かけ黙り込んだ。久美も深く座り、両手で顔を覆ったまま沈思《ちんし》黙考《もっこう》している。由岐絵と班目は二人を放っておいて話を続けた。

「でも、班目。あんたはまだ独身なんだから、おじさん気分じゃない方がモテるんじゃないの？」

「モテに年齢は関係ないだろ。いくつになってもモテる奴はモテる」

由岐絵は眉間にしわが寄るほど真剣に言葉を継ぐ。

「そうかなあ。結婚相手って考えたら若い方がいいかもよ。子どもを抱っこするときの体力の問題もあるじゃない」

「俺は結婚しないぜ」

さらりと言った班目に、由岐絵は前のめりになって尋ねる。

「へえ、そうなの。なんで？」

「お付き合いってやつは楽しいが、結婚は苦行だ」

「そういうことを若い子の前で言うところが、デリカシーが欠如してるんだなって思うわ。いつも」

「事実は事実だ。一生、隠し通せるもんじゃない。変に言い繕《つくろ》うより、現実を知らせた方がいいんだって」

「でも」

久美の声に二人が振り向くと、両手で顔を隠してはいるが、指の間から目だけを覗かせている。

「由岐絵さんはとっても幸せそうですよ。苦行だなんて感じていないみたい」

　由岐絵は豊満な胸を反らせた。

「もちろん、幸せよ。でもねえ」

　突然、目を潤ませて、祈るように両手を組む。

「隼人がいつか一人立ちするって思ったら、もう、もう……」

　しくしくと泣きだした由岐絵を、ため息をついて呆れたと言わんばかりに見やり、班目は深く椅子に腰を落ちつけた。

「由岐絵の言う辛さってのは、幸せの一部だな。翳《かげ》りが一つもない幸福なんて、天国にしかないんだろうさ」

　由岐絵の背中をさすってやりながら久美が尋ねる。

「じゃあ、反対のことも言えるんじゃないですか？　苦行の中にも幸せがあるのかも」

「苦行の中に幸せを見つけるなんてのは、修行僧だけでいいんだよ。俺は気楽に生きていくぜ」

　久美はそうっと視線を動かし、荘介の方に顔を向けた。なにか言いたそうにしながらなにも言わない久美の気持ちを汲んで、荘介は結婚観について話しだした。

「お付き合いと結婚は地続きじゃないのかもしれないね。付き合っているうちは、ただ相手をかわいい、かわいいと思っている。だけど、結婚したら愛おしいという感情に変わるんじゃないかな」

久美は小首をかしげる。

「かわいいと愛おしいは似てるような気がしますけど、そんなに違いがあります？」

その違いについて説明するため、荘介は久美の意見を聞く。

「久美さんは、どんなものをかわいいと思うのかな」

「そうですねえ。猫とか犬とか赤ちゃんとかでしょうか」

荘介はにっこりと笑う。

「僕は久美さんをかわいいと思うよ」

久美の顔がぼっと赤くなったが、また首をかしげた。

「それは、私が猫とか犬とか赤ちゃんと一緒ということでしょうか」

「僕にとってはね」

「そう言われるのはいいことなのか、悲しむべきことなのかわかりません」

班目がからかう調子で口を挟む。

「荘介は久美ちゃんを猫かわいがりしてるってことだな。いつもベタベタに甘やかしてるもんな」

久美は、なにかを言い返したいらしく口を開きかけ、だが言葉は出てこない。由岐絵が斑目を視線で叱ってから、久美を慰めるように言う。

「猫かわいがりするのは荘介のうちのお家芸だから。荘介もおじいちゃんから、そりゃあもう、猫かわいがりされてたからね」

いつも余裕の表情の荘介が、少し照れたようで視線をそらした。

「そうだね、孫の中で僕が一番年下だったから、とくにかわいがってもらったみたいだ」

荘介の祖父、『お気に召すまま』の先代と幼い頃に会ったことがある久美は、先代が子どもに対しては押しなべて優しかったことを思いだした。

「先代は荘介さんのお父さんも猫かわいがりしたんですか？」

「いや、父は淡々としていて褒《ほ》めても撫でても反応が薄くて寂しかったそうだよ。その分、祖父は祖母を猫かわいがりしていた。年齢が離れていたせいもあるんだろうけど、甘々だったよ」

斑目がデザート用のビスケットの袋を勝手に開けながら尋ねる。

「いくつ違いだったんだ？」

「九歳かな」

「おまえと久美ちゃんの年の差と同じだな」

由岐絵もビスケットを齧りながら言う。

「村崎家の伝統なの？　結婚は九歳差の人とするっていう」

「いや、両親は違うよ。僕たちは、たまたま」

「はあ。たまたまですか」

ぼんやり合いの手を入れた久美を見て、班目がため息をつく。

「久美ちゃん、わかってないみたいだけどな。たまたま九歳差なのは、荘介と久美ちゃんだ。わかったか？」

「はい。知ってますけど」

「九歳差の人と結婚するのが村崎家の伝統なのか？っていう話をしてるんだが。わかってるか？」

「……え。結婚？」

由岐絵が心配そうに久美の顔を覗き込む。

「久美ちゃんには刺激が強すぎる話だった？」

「え、え、あ、えっと、あの、えええええ！」

他人事のように話を聞いていたが、やっと自分の将来のことだと実感が湧いて、久美は赤い顔のまま、おろおろと視線をさまよわせる。荘介がくすくすと笑う。

「急がなくていいんですよ。久美さんの速度で」

「えっと、その……。お待たせいたします」

「はい。いくらでも」

二人の世界に入って帰ってこなくなりそうな荘介を引き留めるべく、班目がビスケットをつきだした。

「デザート、作るんだろ」

「もちろん」

荘介は包みを開け、マシュマロを一つ串に刺して三人にそれぞれ手渡した。

「火であぶって、好きな感じに焦げ色がついたら火から離して」

言いながらビスケットをトレイにぎっしりと敷き詰める。その上に小さく割ったチョコレートをのせていく。

「荘介さん、好きな感じに焼くってどういう具合にですか？」

久美が尋ねると、荘介は炭火をじっと見つめた。

「火を見つめて、その火がマシュマロをどれくらい愛しているのか見極めるんだよ。愛が行きすぎないところで引き離す。それがコツ」

「はあ。マシュマロ愛ですか」

とっくにマシュマロを炭火であぶっていた班目が、焦げ茶色の焼き目が付いたマシュマロを久美の鼻先につきつけた。

「荘介の適当な話に付き合わなくていいぞ。このくらいの焼き目が限界だ。これ以上焼くと焦げる。焼きが足りないと、とろけない。そういうことだ」

久美は軽く荘介をにらむ。

「なんで適当なことを言ったんですか」

「お菓子作りは体あたりで覚えるのが一番だからだよ。とくにスモアはね」

「スモア？」

荘介はトレイに並べたチョコのせビスケットを指し示す。

「ビスケットにチョコレートと焼きマシュマロを挟んだお菓子だよ。キャンプで作るお菓子と言えばスモアが有名、北米では定番なんだ。子どもが初めて作るお菓子がスモアということも多いらしいよ」

班目があぶったマシュマロをチョコのせビスケットにのせて、もう一枚、ビスケットを取って蓋《ふた》のようにかぶせ、一口で頬張った。

「うまいな。材料は全部『お気に召すまま』のやつか」

「当然。それ以外を持ってくるはずがないでしょう」

由岐絵は串に二つ刺したマシュマロを、さっとあぶって焼き目がほとんど付かないくらいでビスケットに挟む。

「外はトロッと、中はムニッとくらいが好きな気がするの」

器用に半分だけスモアを齧りとった由岐絵が「美ー味しーい」と唸ったのを聞いて、久美もマシュマロを炭火にかざした。

「由岐絵さんはスモアを食べたのは初めてですか？」

「そうよ。こんなハイカラなお菓子、食べたことないわあ。あ、久美ちゃん。もういいんじゃない？」

由岐絵に言われてマシュマロを火から下ろそうとした久美を班目が止める。

「いいや。とろけきるまで待つんだ」

二人に違うことを言われて困った久美は荘介を見た。

「マシュマロ愛を感じてください」

「もう！　みんな適当なことばかり言ってるでしょう！」

からかわれていると気づいた久美は、串をくるくると回してまんべんなくマシュマロの全面を焼いた。キツネ色になったところで、チョコのせビスケットにマシュマロを擦りつけるようにして串から外す。荘介がもう一枚のビスケットで蓋をしてやると、一口で頬張った。

「んんー！　ビスケットがさくさくで、マシュマロがふわとろってしてます。チョコとマシュマロが触れているところが少しだけ溶けているのも食感に幅ができていいですね。ちょっとスモーキーな香り」

「炭火だからね。焚火だと、また違った香りになるよ。ガスの火で焼くのはお勧めしない。ガス臭くなるからね」

既に四つ目のスモアを組み立てた由岐絵が久美に聞く。

「炭火の愛は無事に見極められたみたいね。一人一人で正解を見つければいいのよ。久美ちゃんの愛も焼き加減が良さそう」

「はい。マシュマロを猫かわいがりしない、ちょうどいい愛ですよ」

久美は「あ」と言って荘介を見る。

「愛おしいって、スモアでしょうか。層になっているけど、マシュマロがとろけて接着剤になって、縦に真っ直ぐにすべてがつながっている感じ」

「そうだね。くっつくことで美味しくなる。無理に離そうとしたら味も崩れてしまう。マシュマロの熱さで火傷《やけど》する可能性もあるけれど、そこが美味しさの秘訣かな」

班目が呆れたように口を挟む。

「荘介も久美ちゃんも、なんでもかんでもお菓子で例えるのはどうなんだ」

由岐絵が五つ目のマシュマロを火にかざしながら言う。

「あら、職業柄、センスがいいと思うけど……」

突然黙り込んで宙を見つめた由岐絵の顔を覗き込み、班目がからかう調子で尋ねる。

「どうした、由岐絵。幽霊でも見たか」

「……隼人が泣いてる！」

ガタンと椅子を鳴らして立ち上がると、由岐絵は外に駆けだした。

「おい、由岐絵！」

班目が呼びかけたが、由岐絵は振り返りもしない。久美は耳を澄ませたが、子どもの泣き声など聞こえない。

「由岐絵さん、本当に幽霊に呼ばれたとか……？」

「そうかもね」

軽く言う荘介に「やめてくださいよ！」と小さな悲鳴を浴びせて、久美は自分の体を抱きしめた。

班目が立ち上がり、一歩ガレージの外に出る。

「うへえ。母の愛ってのはすごいもんだな」

久美もおそるおそる戸に近づいて、そっと顔だけ外に出した。

「あ、紀之さんと隼人くん。……え？　あんなに遠くにいるのに、隼人くんの泣き声が聞こえたんですか！」

　荘介もやって来て二人の陰から顔を出して手を振った。隼人を抱きかかえた由岐絵は無反応だが、夜道を歩いてくる紀之が手を振り返す。

「お久しぶりでーす」

　大きな声は泣きじゃくる子どもの父親としては、ずいぶんとのんきだ。そののんきな紀之のペースで、親子三人はゆっくりとガレージにやって来た。

　隼人は由岐絵の首にしがみついてヒックヒックとしゃくり上げている。

「どうした、どうした、隼人。元気に泣くねえ、あんたは」

　由岐絵があやしても隼人は泣きやまない。久美が由岐絵の背中に回って隼人に笑顔を向けた。

「こんばんは、隼人くん」

　いつもなら久美を見ると笑顔で駆けよってくるのだが、今はそんな気分にはなれないらしい。俯いて由岐絵の肩に顔を擦りつけてしまった。由岐絵は困り顔に半笑いを浮かべて、夫の紀之の方を見る。微笑を絶やさない紀之は隼人が泣いている理由を簡潔に説明した。

「リコちゃんと喧嘩《けんか》しちゃったんだよな、隼人」

隼人は石にでもなってしまったかのように身を硬くしている。班目が紀之に椅子を勧めながら尋ねる。

「リコちゃんって、隼人の友達ですか」

「そう。幼稚園で同じクラスなんだ。すごく仲がいいんだよな、隼人」

隼人は頑なに黙ったまま動かない。久美がどうにかあやせないものかと由岐絵の背後をうろうろしているが、隼人は隙を見せることもない。

班目が紀之の隣に座って、自分がもらったプレゼントの焼酎の封を切り、戸棚から持ってきたロックグラスに注いで勧める。紀之は遠慮せず口を付けた。

「いやあ、美味《うま》いなあ。今日は子どもだらけだったから飲めなかったんだよねえ。それなのにごちそうがいっぱいでさあ」

「それは拷問ですね」

のんびり飲みはじめた夫を由岐絵がにらんだ。口だけを動かして紀之に「なにがあったの」と問い詰める。

「隼人が、リコちゃんが楽しみにしてたケーキの上のサンタさんを食べちゃったんだよ。な、隼人」

隼人はますます強く由岐絵にしがみつく。由岐絵がまた口の動きだけで「なんでそんなこと言うの」と、今度は正反対のことを言って紀之に抗議したが、紀之は気にせず、軽く肩をすくめてみせた。

「隼人、リコちゃんに大っ嫌いって言われて泣いちゃったんだよな。それで、お母さんのところに行くって言うもんだから、お暇《いとま》してきたんだ」

「あらあらあら」

由岐絵が隼人をゆすり上げた。もう既に泣きやんでいるが、隼人は相変わらず頑《がん》として動かない。

「隼人、もうそろそろ降りようか。お母さん、腕が痛くなってきたよお」

由岐絵が言うと、さらに強く抱きつく。由岐絵は「よーしよし」と言いながら辺りをうろつきはじめた。それを眺めながら隼人に聞こえないように、班目が小声で紀之に話しかける。

「リコちゃんっていうのは、隼人のガールフレンドですか」

「そう。スイーティーだよ」

由岐絵の近くにいてもなんの手伝いにもならないと諦めた久美もやって来た。

「大喧嘩だったんですね」

「隼人が生まれてから初めてってくらいの剣幕で怒鳴《どな》られてたなあ」

「隼人くんは怒鳴り返さなかったんですか」

「そこはね、しっかり鍛えてるから。由岐絵が」

班目がにやにや笑いを浮かべる。

「紀之さんの普段の姿を見て学習してるんじゃないですか」

「あれ、ばれた？」

「もう。紀之さんも班目さんも、隼人くんを慰める気はないんですか」

紀之はぐいっと焼酎を飲み干した。

「いやあ、無理だね。隼人は頑固だから。由岐絵に似て。……ん？」

紀之がバーベキューコンロに目を向けた。

「甘い香りがすると思ったら、焼きマシュマロかあ」

一人静かにマシュマロを焼いていた荘介がにっこりする。

「そろそろいい焼き加減ですよ」

由岐絵がバーベキューコンロに近づいてくると、香りにつられたようで隼人が顔を上げた。荘介は隼人に微笑みかけ、ビスケットにマシュマロを挟んでスモアを完成させる。

「隼人くん、スモア、食べるかな？」

頷いて隼人は由岐絵の腕から、ぴょんと降りた。荘介が出来立てのスモアを渡すと、隼人はしげしげと眺めてから、ぱくりと食いつく。

「美味しい！」

口にスモアを頰張ったまま感激を伝えて、残りの半分も口に突っ込んだ。ほっぺたを膨らませて美味を堪能《たんのう》している隼人の鼻の穴が広がっている。

「相当、気に入ったみたい」

由岐絵がほっとした様子で椅子に落ち着く。隼人は口いっぱいのスモアを飲み込むと、荘介に両手をつきだした。

「スモア、もう一つ食べる？」

「リコちゃんにもあげる」

荘介はマシュマロを刺そうとしていた串を皿に戻した。

「リコちゃんの家に持っていきたいのかな？」

隼人は頷いたが、荘介は「うーん」と唸る。

「スモアは出来立てじゃないと美味しくないんだ。ここで作って持っていっても、マシュマロがしわしわになって歯触りが悪くなるよ」

「でも、リコちゃんにも食べさせたい」

さっきまで泣いていたのが嘘のように、しっかりした口調で隼人が言う。荘介は腕を組んで目をつぶり、天井を仰いだ。

「さあて、どうしようか。スモアがないと、隼人くんはリコちゃんと仲直りできないからね」

「そんなことない！」

隼人は荘介の腕を引っ張った。

「僕はちゃんと仲直りできる！」

「そうなんだ。じゃあ、スモアは必要ないね」

「そ、そんなことない」

どう言えば荘介にお菓子を作ってもらえるのかわからずに、隼人はまた泣きそうになっている。久美が怖い顔をして荘介をにらむ。

「荘介さん！　隼人くんをからかうのはやめてください！」

「からかってないですよ。スモアをここから持っていくのは本当にお勧めできないんだ」

久美は大きなため息をつく。

「ここから持っていくのはお勧めできなくても、リコちゃんにスモアを食べてもらうことはできるんですよね？」

「もちろん」

にっこり笑った荘介に久美の雷が落ちた。

「それが、からかってるって言うんです！　方法があるんだったら、さっさと教えてあげてください！」

久々に久美に本気で叱られて、荘介は首をすくめた。

班目が隼人にもう一つスモアを作って食べさせている間に、荘介は二階から筆記用具を持ってきた。

「スモアはオーブントースターでも作れるんだ。簡単だけど、一応、手順を書いておくよ」

メモを書いている荘介に由岐絵が聞く。

「マシュマロを串刺しにしてトースターに入れるの？」

「いや、ビスケットにチョコレートをのせて、マシュマロを重ねる。その状態でオーブントースターで加熱したらいい。上火だけで焼けるようなら、完璧だね。マシュマロがこんがり焼けたら取りだして、ビスケットで蓋をするんだ」

「助かったわ、荘介。隼人は頑固だから。決めたら、即実行だからさ」

久美が優しい表情で隼人を見る。

「猪突猛進《ちょとつもうしん》ですね」

「曲がることも覚えてもいいと思うんだけどね。本当に、いつも真っ直ぐにつき進むのよ」

満足するまでスモアを食べた隼人が荘介の膝に登って尋ねた。

「荘介、できた？」

「うん、書けたよ。これを持っていって、リコちゃんのおうちで作ってもらったらいいよ」

「パパ、リコちゃんのおうちに行こう！」

「今から？　もう時間も遅いから、明日にしないか」

「だめ！　今日仲直りするんだから！」

「でもなあ……」

渋る紀之の隣で由岐絵がスマホを取りだして電話をかけた。

「もしもし、渋谷《しぶたに》さん。夜分にすみません、安西です」

「え、リコちゃんの家にかけてるの？」

驚いている紀之は放っておいて、由岐絵は一通りの挨拶を済ませた。隼人が由岐絵にしがみついて、スマホの声を聞こうと爪先立ちしている。

「それでですね、今日は隼人が失礼をしてしまって。いいえ、隼人がそそっかしいから。そうですか、それは良かったです。隼人もリコちゃんと仲直りしたいって言ってまして。今からおうかがいしてもよろしいでしょうか。はい、ええ。ありがとうございます。では、のちほど」

由岐絵がスマホを耳から離すよりも早く、隼人が由岐絵の服の裾を引っ張って言う。

「早く行こう！　リコちゃんが寝ちゃうよ！」

紀之が隼人を落ち着かせようと、肩に手を置いてぽんぽんと叩く。

「まあ、待って。ママに行っていいか聞かなきゃ」

「いいって言ってた。のちほどって言ったもん」

班目が感心したような口調で隼人を褒めた。

「すごいな、隼人。大人の会話がわかるなんて、立派な耳を持ってるじゃないか」

隼人は「うん！」と力強く頷くと、自分の耳を誇らしげに引っ張ってみせる。

一連のやりとりを聞き終わった荘介が、ビスケット、チョコレート、マシュマロを袋詰めにして隼人に渡してやると、あっという間にガレージから駆けだしていった。

「こら、隼人！　待ちなさい！」

慌てて由岐絵が追いかける。紀之はゆったりと立ち上がると、三人に笑顔を向けた。

「いつも由岐絵と隼人がお世話になって。本当にありがとう」

班目が紀之の肩をぽんと叩く。

「水臭いですよ。紀之さんも、もっと世話かけてくださいよ」

「ははは、ありがとう。じゃあ、俺も行くよ。メリークリスマス」

手を振って悠々と出ていく紀之の背中を見送って、久美は物思う顔をする。

「どうした、久美ちゃん。紀之さんが太ったことに気づいたか」

「え、そうでした？」

「さあ、知らんが」

「適当なこと言わないでくださいよ」

そのまま漫才を始めそうな久美を荘介が止めた。

「久美さん、なにをじっと考えていたんですか？」

久美は真面目な表情に戻って感慨を口にする。

「子どもってすごいなと思ったんです。あんなに泣くくらい本気で喧嘩して、仲直りするのも真っ直ぐに走っていくくらい一生懸命で」

荘介はゆっくりと頷く。

「隼人くんが感じているのは、愛おしい気持ちなのかもしれないね」

「スモアの愛情ですね。結婚するとか、そういうことじゃなくても、真っ直ぐに好きでいられたら、幸せでいられるのかもしれませんね」

語りあう二人に、班目が声をかける。

「おい、二人とも。くっちゃべってないで、かたづけるぞ」

既に炭を火消壺《ひけしつぼ》に入れて火を落とした班目を見て、久美が叫んだ。

「あー！　まだスモア食べたかったのにー！」

「まだ食べる気だったのかよ。またダイエットすることになるんじゃないか」

「野菜を一番に食べたから大丈夫なんです！　あーあ。まだ一つしか食べてなかったのに」

嘆き悲しむ久美の肩を荘介が軽く突っつく。

「久美さん、スモアはオーブントースターで作れるって、知ってますよね」

ぱっと目を輝かせて久美は荘介を見上げる。

「そうでした！　荘介さん、オーブントースターを貸してください」

「じゃあ、二階に行きましょうか」

さっさと階段に向かう二人を、班目が慌てて呼び止める。

「二人とも、どこに行くんだよ。かたづけは？」

久美が振り返って小首をかしげる。

「私はこれからデザートをいただきますけど」

「僕は久美さんにスモアを作ってあげる予定だけど。班目も来る？」

班目はそっぽを向いて「けっ」と子どものように舌打ちした。

「いちゃいちゃを見せつけられると知ってるのに行くわけないだろ、好きにしろ。あー、もう。さっさとかたづけて、さっさと帰る！」

コップに残っていた焼酎をあおると、アウトドア好きの班目は、慣れた手つきでかたづけを終えた。

この夜が班目にとって、苦行だったのか楽しみだったのか。久美と荘介には知りようがない問題なのだった。

ステイのあとのご褒美ケーキ

ドアのガラス越しに、四十代前半くらいの小柄な男性が立っているのが見えた。サングラスをかけ、片手に白い杖《つえ》を持っている。もう一方の手で握るハンドルは、大型犬が身につけているハーネスとつながっている。盲導犬だ。

杖を動かしてドアノブを探しているらしい男性のために、久美は外開きのドアを少しだけ開けて声をかけた。

「いらっしゃいませ」

男性は顔を上げて久美の視線を探すように小さく首を揺らした。

「あの、ここはお菓子屋さんですか？」

「はい。『万国菓子舗　お気に召すまま』という店です」

ほっとしたような笑顔を見せて、男性は白杖《はくじょう》を動かしてドアの位置を確認した。

「良かった、辿りつけた。入ってもいいですか？」

久美は飛びきりの笑顔を男性に向ける。

「はい、もちろん。ドアが外開きなんです。開けますので、少し後ろに下がっていただけますか」

男性が動こうとすると、盲導犬はすぐに察して耳を動かした。男性の動きを読もうと耳を澄ましているように見える。

男性は「ステイ」と言って犬を留まらせてから一歩下がった。久美がドアを開けると、カランカランと軽やかなドアベルが鳴る。

「きれいな音ですね」

「ありがとうございます。この店ができてから、ずっと鳴り続けてるんですよ。どうぞ、お入りください」

男性が盲導犬に命じて進みだす。久美はドアを閉めようとしたが、男性のあとについてきている三十代後半くらいに見える男女二人に気づき、動きを止めた。

「すみません、私たちは盲導犬協会の指導員です。佐山《さやま》さんの付き添いなのですが、入れてもらえますか」

「もちろんです、どうぞ」

久美はまたドアを大きく開けた。二人が店内に入ると、佐山は満面の笑みを浮かべる。

「各務《かがみ》さん、相馬《そうま》さん。私たち、やりましたよ。ハリーはちゃんと私をここまで連れてきてくれました」

「はい、とてもスムーズでしたね」

指導員の女性が嬉しそうに答えた。

「ありがとうございます、各務さん。相馬さんも、一緒に来てくださって、本当に感謝します」

もう一人の相馬と呼ばれた男性もにこやかだ。

「佐山さん、どうぞお買い物をしてください。私たちは待っていますから」

久美は各務と相馬を店の片隅のイートインスペースに案内する。その間、佐山はドアのすぐ側にある焼き菓子の棚の前に立ち、店中に漂う甘い香りを追って鼻を動かしていた。盲導犬のハリーは佐山を見上げたり店内を見回したり、なにかしっかりと考えているらしい様子がうかがえる。

久美が佐山の側に立つと、ハリーが久美の方に顔を向けた。その動きで気づくのか、佐山は久美に尋ねた。

「店員さん、商品はなにがありますか」

「本日は生菓子でしたら、季節の和菓子の種類を多く置いています。年末を締めくくる干支《えと》の練りきりと、お客様ご自身で組み立てていただくと門松の形になるゼリー菓子などがあります。洋菓子はパイやタルトなどのどっしりしたもの。あとは当店のオリジナルのお菓子を揃えています。蜂蜜とミントのゼリーに小さなイチゴと蘇《そ》という乳製品を包んだ求肥《ぎゅうひ》が浮いた、アムリタというお菓子があります。他にもオリジナルの羊羹《ようかん》、和洋中の焼き菓子とカステラがございます。よろしければ、お煎餅のご試食はいかがですか？　イートインスペースで、サービスで飲み物もお出ししています」

「わ、嬉しいなあ、お願いします」

佐山が動こうとした気配を察したのか、ハリーはぴたりと佐山の隣に付く。

久美はイートインスペースまで案内しなければと思ったが、どう説明すればいいのか迷って動けない。指導員だという各務と相馬は黙って見ているだけだ。

「店員さん。イートインスペースの方向を、時計の文字盤と思って読んでもらえませんか」

久美は首をかしげて佐山に尋ねる。

「時計ですか？」

「私が今、向いている正面が十二時の方角だとすると、向かう先は何時になるか、ということなのですが」

説明する佐山が向いている先は厨房の入り口辺り。イートインスペースはそこから左手の窓際だ。久美は壁の時計を見上げて、針の角度を見てみた。現在時刻、午後十二時四十五分。目を床に落として、今確認した時計の盤面をイメージする。

「十時の方角です。五歩か六歩というところでしょうか」

佐山は白杖を動かし、ハリーに命じてそっと足を踏みだした。テーブルの手前でハリーが止まる。佐山は手を伸ばしてテーブルと椅子の位置を捉えた。

「椅子を引きましょうか?」

「いえ、やってみます」

佐山が手探りする様子を各務と相馬はしっかりと観察している。なにかあれば手を貸すのかもしれないが、今は動く様子はない。

佐山が椅子に腰かけるのを見守ってから、久美はお茶を淹れて、試食の煎餅と一緒に運んだ。

「佐山さんの正面、十二時の方向にお茶を置きました。お湯吞みです。お煎餅はその左側に並べています。お湯吞みから九時の方向ですね」

「ありがとうございます」

白杖をテーブルに立てかけて、佐山はそろりと手を伸ばす。久美ははらはらしながら見ていたが心配は必要なかったようで、佐山は危なげもなく湯吞みを持ち上げた。安心して胸を撫でおろし、久美はそっと詰めていた息をはく。ふとハリーに目をやると、大人しく床に伏せていた。

「あの、店内はお菓子の匂いがしているのに、ハリーは大人しいですね」

この言葉には各務が答えた。

「そのように訓練されているんです。ハンドラーさんが食事をしても待つことができます」

「ハンドラーさん？」

佐山が嚙んでいた煎餅を飲み込んで言う。

「私のことです。盲導犬のハンドルを握るから、ハンドラーというんです」

「そんな風に呼ぶんですね。なんだか、かっこいいです」

「私も初めて聞いたとき、そう思いました」

破顔する佐山を見る各務と相馬の表情も緩む。その表情が見えているかのように、佐山は二人の方に笑顔を向けた。

「各務さん、相馬さん。噂どおり、すごくいいお店ですね。雰囲気がとてもいい」

相馬が頷く。

「ええ、本当に。佐山さんに教えてもらえて良かったです」

久美が二人にお茶のお代わりを注いでいる間に、佐山もお茶を飲み終えた。

「このお煎餅は絶対欲しいなあ。店員さん、他にはなにがお勧めですか」

「本日は当店オリジナルの月の満ち欠けがお勧めです。羊羹の中にミカンが月のように浮かんで見えるお菓子で、とてもきれいですよ」

言ってから、久美ははっとした。見た目がきれいでも、佐山には見えないだろう。見えないものを見た目で勧めたことで佐山を傷つけたのではないだろうか。

そんな久美の心配をよそに、佐山は白杖とハリーのハンドルをしっかり握って立ち上がり、久美のいる斜め後方を振り返った。

「そのお菓子はどこにありますか？」

「えっと、八時の方向です。ショーケースの上の段に並んでいます」

佐山は左足を少しずつ開き、八時と思われる方へ少しずつ体を向ける。佐山の右足を十二時として、左足が八時を差した。佐山は左足に右足をぴたりと付けた。佐山の体は間違いなくショーケースの方に向いている。

「ハリー、ゴー」

ハリーは軽快に歩きだし、佐山をショーケースまで導いた。佐山がハリーを褒めてやるのを、久美は複雑な思いで見つめる。

「店員さん。そのお菓子がどこにあるのかを指差して、ハリーに教えてやってください」

佐山が言うとおりに久美はショーケースの右側、上段を指差す。

「ハリー、月の満ち欠けはどう？　気に入った？」

佐山に尋ねられて、ハリーは尻尾を振る。その振動が伝わるのか、佐山は明るい表情で頷いた。

「じゃあ、その月の満ち欠けをください。一人分でいいのですが」

「はい。お一人食べきりサイズですから、ご安心ください」

佐山は嬉しそうに買い物を続ける。

「それと、お煎餅も。食べきりサイズはありますか」

「はい、ございます」

久美がお菓子を包んでいる間も、佐山がハンドルから手を離して会計をしているときも、ハリーはじっとその場に伏せていた。

商品が入った小さな紙袋を受け取った佐山は、白杖を持つ手に袋の取っ手をかけてドアに向かう。久美が先に立ち、大きくドアを開けた。佐山とハリー、続いて各務と相馬が店を出る。

「ありがとうございました。また、お越しください」

久美の言葉を聞いて、佐山は笑顔のまま申し訳なさそうに俯く。

「また来てもいいんですか？」

「もちろんです！　お待ちしています」

サングラスをかけていてもなおよくわかる、まぶしい笑顔で手を振って、佐山たちは駅の方へと去っていった。


「店長、盲導犬と会ったことありますか？」

昼休みにカランカランとドアベルを鳴らして放浪から帰った荘介を、珍しく叱ることもなく、久美が尋ねた。

「会ったこと、ですか。街中で見かけたことはありますが」

「今日、盲導犬を連れたお客様がいらしたんです。それで私、失礼なことをしたかもしれないと思って」

「失礼なことって？」

久美は真摯《しんし》に荘介の目を見て話す。

「目が不自由な方に、きれいなお菓子だからって、見た目重視で月の満ち欠けの説明をしてしまったんです」

荘介は店長らしい緊張感をまとって質問する。

「それで、そのお客様は気分を害されたようだった？」

「いえ。盲導犬のハリーにお菓子は気に入ったかって聞いて、ハリーが尻尾を振ったんです。それで買ってくださいました」

荘介の表情がやわらぎ、一瞬だけ張りつめた空気がほぐれた。

「それなら、本当に納得して買ってくださったんでしょう」

まだ不安が晴れないまま、久美が尋ねる。

「そう思いますか？」

「はい。ハンドラーと盲導犬は離れることができないパートナーだという話です。そのお客様はパートナーを大切にされているからこそ、盲導犬が見たものを心から信じてくださったのではないでしょうか」

久美は少し考えてから口を開いた。

「お客様と一緒に、指導員という方がお二人いらっしゃったんですけど、お客様はその方たちにお菓子のことや店内の様子を聞くことはしなかったんです。なんででしょうか」

「指導員が一緒だということは、共同訓練中だったのでしょう。ハンドラーと盲導犬が実際に街を歩く練習をするんです」

「共同って、指導員さんと一緒にという意味ですか？」

荘介が軽く首を横に振る。

「いえ、ハンドラーと盲導犬が共同でという意味です。ハンドラーが盲導犬と暮らすためにはハンドラー自身にも訓練が必要ですから」

驚いた久美が目を丸くする。

「そうなんですか。私、盲導犬が来てくれたら、その日から一緒に歩けるのかと思っていました」

荘介は小さく頷いて、久美の思い込みが悪いものではないと示した。

「一緒に歩くだけではなく、生活をともにするんです。盲導犬の日常の世話も知らなければならない。エサを食べさせて、トイレのかたづけをして、ブラッシングも必要でしょう。歩け、止まれ、曲がれなどの指示の出し方や、そもそも盲導犬がなにをできるのかも覚える必要がある。盲導犬を迎えるには、相当な覚悟を持たないといけないんじゃないかな」

久美は荘介の言葉を深く刻み込もうとするかのように、何度も頷く。

「訓練と覚悟ですか……。そんなに大変だなんて、想像もしていませんでした」

「簡単そうに見えることでも、見えないところでは、みんないろんな努力をしているものなんだろうね」

　ぱっと顔を上げた久美は、人差し指を立てて名探偵のように胸を張って言う。

「白鳥は優雅に泳ぐけど、水の下では必死に足で水を搔いているっていうやつですよね」

　荘介は軽く頷く。

「そうかもしれない。久美さんも、じつは努力家だし」

「えええ？　そんなことないですよ」

　なんのことだかわからず、久美は首をかしげた。

「接客の勉強のために休日に百貨店巡りをしたり、試食の舌を鍛えるために料理の研究をしたり」

　驚いた久美が一歩あとずさる。

「な、なんでそんなこと知ってるんですか！」

　顔色も変えず、荘介は久美が嫌がるとわかっている答えを返した。

「直子《なおこ》さんにうかがいました」

　案の定、顔をしかめた久美がぶつぶつと呟く。

「うちの母ですか！　もう、余計なことばっかり喋るんだから……」

「余計なんかじゃないですよ。久美さんの覚悟を感じて、僕は嬉しかった」

久美自身は大層な覚悟などしていないと思っているため、真正面から褒められて、いたたまれなくなった。そっとそっと厨房の方へ移動していく。

「そういう母情報は、そのう、忘れてください」

荘介はにこやかに首を横に振る。

「忘れることなんてできません。とても嬉しい情報ですから。僕がプレゼントした指輪を毎日磨いてくれているということも」

久美の顔がみるみる赤くなり、肩がふるふると震えた。

「もう、お母さんのバカ！」

真っ赤になった久美は、昼休みの自由な時間で心を落ち着かせようと、厨房でエプロンを外して外へ飛びだしていった。


クリスマスの繁忙期を越えるとすぐに、『お気に召すまま』にはもう一つの山場がやって来る。正月のもちつきに追われるのだ。

店の設備では一合もちなどの大量生産は無理なのだが、手のひらサイズのかわいらしい鏡もちを求めて、予約が殺到する。営業最終日の十二月二十八日の分の予約は、受け付け開始直後に埋まってしまう。その次に二十七日が埋まり、一番予約を取りやすいのが二十六日だ。といっても、予約開始日の午前中には、すべての予約注文が入りきるのだが。

そんな忙しい合間を縫って、荘介は新商品の試作を始めた。調理台に準備された、じゃがいも、さつまいも、かぼちゃ、それに鶏ひき肉を見た久美は、「ひっ」と小さな悲鳴をあげた。

「荘介さん！　厨房で料理はだめです！　煙臭くなっちゃいますよ！　前回のハンバーグの練習でもお肉を焦がしちゃったじゃないですか」

お菓子は作れるのに料理はてんでだめな荘介は、久美に料理を教わっている。だが作っても作っても荘介の料理の腕は一向に上がらない。集中力が散漫だし、そもそもやる気がまったくないのだ。

だが、厨房に満ちる甘い空気を吸い込み英気を養ったのだろうか、今日の荘介はいつものお菓子作りと同じく、自信にあふれた様子で調理台に向かっている。

「料理じゃありません。お菓子を作りますよ」

そう言われてもまだ信用できないと、久美は眉をひそめて荘介を観察する。

「鶏ひき肉を使うお菓子って、なんですか？」

「それは、できてからのお楽しみです。さあ、久美さんはお昼休みに行ってください。

空腹でお腹に穴が開いた頃じゃないですか？」

「穴は開きませんけど……」

警戒心がうかがえる視線を、ちらりちらりと荘介に向けながらも、久美は裏口から外へ出ていく。その後ろ姿を見送ってから、荘介は調理に取りかかった。


まずはじゃがいもを細切りにして茹《ゆ》でる。

鍋からお湯だけを捨てて弱火にかけ、水分を飛ばしながらじゃがいもを練る。

出来上がったマッシュポテトを円形の金属のカップに塗り付け、カップ型に成形する。型のままオーブンで焼き固める。

鶏ひき肉を茹でる。お湯に浮いた脂はアクと一緒に丁寧に取る。

皮付きのままのさつまいもと、皮を剝いたかぼちゃを、それぞれ茹でて、ペースト状にする。

カリッと焼けたマッシュポテトのカップに、茹でた鶏ひき肉を詰める。

皮の色で紫色がかったさつまいものペーストと、黄色のかぼちゃのペーストを絞りだして、二色のソフトクリームのように渦を描く。

マッシュポテトごと金属の型から抜きだせば完成だ。

　会心の出来栄えと、荘介がほくそ笑んでいるところに、息を切らした久美が駆け込んできた。

「あ！　もうできてる」

「お帰りなさい、久美さん。そんなに急いでどうしたんですか？」

　荘介の質問に答える余裕もなく、久美は調理台に置かれたものをじいっと見つめた。

「……店長。それ、本当にお菓子ですか」

　いぶかしげな久美に、荘介はごく真面目に答える。

「もちろんです。もしかして、僕がこれを作るところを見ようと思って、急いで帰ってきたんですか？」

「そうです」

「でも、お腹が空いていたから、なにも食べずに見張っておくことはできず、しっかり食事をしてきたんですね？」

「そのとおりです」

　荘介は嬉しそうに、にっこりと笑う。

「急いでいたんだったら、軽くしか食べられなかったんじゃない？　ちょうどいいから試食をお願いします」

久美は調理台に置かれたものを、まじまじと見つめた。紫と黄色でデコレーションされた、こんがり焼けたカップケーキ。どこから見てもそうとしか見えない。普通お菓子には使わない鶏ひき肉の存在は表に出てはいない。表にない、ということは中にあるということだ。見えない分、恐怖がいや増す。

久美は緊張でごくりと唾を飲んだ。

「さあ、どうぞ」

荘介がカップケーキを皿にのせて久美に差しだす。久美はおそれおののきながらも、試食係という自分の最大の職務を果たすべく、皿を受け取り、カップケーキをつかみ上げた。

「あれ？　このカップ、もしかして食べられるんですか？」

「はい。そのままがぶりといっちゃってください」

言われたとおり、久美はカップケーキに食いつき、半分を一口に頬張った。しばらく無言で咀嚼《そしゃく》すると、眉根を寄せた不可解な表情で首をかしげた。

「これはいったい、なんでしょうか」

「カップケーキですよ」

「じゃがいものカップに鶏ひき肉のフィリング。さつまいもとかぼちゃのクリーム。美味しいんですけど。美味しいん、ですけど」

荘介がにこやかに言う。

「けど？」

久美は眉根を寄せたまま尋ねる。

「味付けを忘れていませんか」

荘介は満面の笑みで頷く。

「大丈夫です。忘れたわけじゃありません。これは犬用カップケーキなんです」

「犬用？」

荘介もカップケーキを頬張る。味に満足いったようで、深く頷く。

「調味料は使っていません。でも素材の味だけで美味しい。これなら犬も喜んでくれるんじゃないかな」

「そうかもしれません。私は犬を飼ったことがないので、よくわかりませんが」

荘介がカップケーキを美味しそうに食べているのを見ていた久美が、「あ」と声をあげた。

「もしかして、これってハリーのためのお菓子ですか？」

「そうですね。ハリーくんがまた来てくれたときにあったらいいかなとも思いましたし、それ以外にも、犬を飼っている人にはウケるかと思いまして」

久美は力強く頷く。

「絶対、ウケます。でもこれ、ちょっと大きくないですか。おやつというより、小型犬なら一食分はありそう」

荘介は考えるときの癖で腕組みをした。

「そうですね。少し小型化した方がいいかな。何度か試作してみましょう」

それから数日、荘介は朝にもちをつき、そのあとは犬用カップケーキを試作した。放浪に出ることもなく、常にないほどに働き者の荘介を見て、久美は満足して店舗の仕事と試食に励んだ。

予約の鏡もちは早朝についているが、十時の開店後すぐに客に渡すときには、まだやわらかい。その時点で食べたらとても美味しいと二十六日に買いにくる常連客は言う。正月まで待ちきれず、毎年、鏡もちのない年始を迎えるなどと言う客もいる。すぐ食べる派の二十六日の客をさばき、翌二十七日、事件は起きた。

「予約してる毛利《もうり》ですけど」

ガランガランと、ドアベルが文句を言っているかのように激しく鳴った。あまりにも勢い良くドアを開けた客は、人づてに噂を聞いたと言って予約の電話をかけてきた初見の女性だ。予約のときに聞いたフルネームは毛利藤江《ふじえ》という。

六十代の後半くらいだろうか。着ている服は黒一色だが、暗い感じになっていないのは、パーマを強くかけている髪が蛇のようにうねって肩にかかっていることと関係しているのだろう。

久美は初めて顔を合わせる客に愛想良く挨拶しようと、ショーケースの裏からドアの方に移動した。そこで、藤江の足許にいる小型犬に気づいた。うれしそうに尻尾を振っているのはトイプードルだ。驚きのあまり、動きが止まってしまった久美に、藤江がイラついた様子で声をかける。

「聞こえてます？　予約してるんですけど」

「あ、はい。毛利様ですね。商品はご準備できているんですけど、その……」

「けど？　その？　なんなんです？」

藤江は眉をひそめて久美の頭からつま先までじろりと観察した。その鋭い視線に晒《さら》されて、久美は脅《おび》えながらも背筋を伸ばした。

「毛利様、当店はペット連れでのご入店はお断りしております」

「はあ？　なんでよ。この間、大型犬が店に入っていったじゃない」

店の中を走り回りそうな勢いの小型犬を抱き上げて、藤江はイライラとした様子で言葉を継ぐ。

「なんであの犬は良くて、うちのマロンちゃんはだめなの？」

大型犬と言ったのはハリーのことで、盲導犬ではなくペットだと勘違いしたのだと、やっと理解できた久美は事情を説明しようとした。だが、聞く耳持たないというように、藤江は勢い任せにまくしたてる。

「常連の客だったら良くて、知らない客だと断るの？　そんなの差別じゃない。マロンちゃんは大人しい良い子なんです。迷惑なんてかけません！」

久美は少しでも早くマロンを外に出してほしいという思いがあふれだし、藤江に一歩近づく。

「あの、迷惑とかではなくてですね……」

「しつけもちゃんとしています！　店内で粗相なんかしませんとも。吠えたり噛んだりなんてありえません！」

藤江も間を詰めて、にらむように久美を見る。気を抜いたら押し負けてしまいそうだ。

久美は『お気に召すまま』の接客担当は自分ただ一人なのだと覚悟を決めて、藤江の剣幕に力強く応えた。

「当店ではペットの入店はお断りしております。ですが、補助犬は別です」

「補助犬？」

「はい。毛利様がご覧になったのは、盲導犬のハリーです。盲導犬は、主人であるハンドラーと一緒にいるのが使命なんです。お客様の目となるために来店して、役目を果たしていました。補助犬の仕事を当店では歓迎しております」

藤江は言葉に詰まり、視線をさまよわせた。久美はわかってもらえたものと思ってほっとした。だが、藤江は唇を尖らせ、伏し目がちに「でも」と言う。

「マロンちゃんにも使命があるんですから」

「え、そうなんですか？」

藤江はキッと久美をにらみ、断言する。

「私を癒してくれるのが仕事なんです！」

「う」

久美の口から小さな呻《うめ》き声が漏れた。これ以上つっこんだ話をして、マロンちゃんはセラピードッグだと言われたら、入店してもらうべきか否か、久美は判断できる自信がない。

だが、藤江がマロンを拒否された悔しさからか、盲導犬をペットと間違った恥ずかしさからか、適当なことを言ったのだということは彼女の視線が泳いでいることから推察できる。

久美は藤江の腕の中のマロンをじっと見た。マロンは落ち着きなく尻尾を振り、頭を動かしている。

「マロンちゃんは、店に入りたいと思っているでしょうか」

久美の問いに藤江が「え？」と聞き返す。

「店の中はお菓子の香りであふれています。きっとマロンちゃんも好きな香りですよね。美味しそうな香り、でも食べることができない。そんな状態、マロンちゃんは辛いんじゃないですか？」

藤江は完全に視線をそらして、気まずそうにする。マロンは藤江の腕の中でじたばた暴れて、今にも飛びだしそうだ。

「でも、それは盲導犬も一緒でしょう」

「補助犬はどんなときでも、補助すべき人のことを考えられるように訓練されているんだそうです。それに、盲導犬と一緒に歩く人にも訓練が必要で、犬と人が一緒にがんばっているんです。その努力と覚悟があるからこそ、当店では補助犬に店内に入ってもらっています」

「でも……」

意地になっているのか、反論する言葉も出てこないらしいのに、藤江はもっとなにか言おうとしている。

「いらっしゃいませ、毛利様」

久美の後ろに、いつの間にいたのか、荘介がやって来ていた。

「鏡もちのご予約、ありがとうございます。すぐにご用意いたします。ですがその前に、おそれいりますが、マロンちゃんを外に出してあげてもらえますか」

藤江は視線をそらしたままだ。

「あの、でもね……」

荘介は手に小さなカップケーキを持っている。

「お待ちいただく間に、マロンちゃんに試食をお願いしたいのです」

「え？」

やっと目を上げた藤江はカップケーキをまじまじと見つめた。

「残念ながら当店には犬用のお菓子の用意がございませんでした。先日いらした盲導犬連れのお客様に、十分なお買い物をしていただけなかった。これではいけないと思い、犬用カップケーキを試作していたんです」

荘介が短く言葉を切ったが、藤江はじっと黙って話を聞く態勢だ。

「僕が食べて味には問題ないと思いましたし、材料も犬の健康に良く、好むものを選んでいます。ただ、一つ問題がありまして……」

「問題？　なんですか」

藤江がちゃんと話を聞いてくれている。久美は荘介の話術に舌を巻いた。

「犬が本当に好きな味になっているのか、それがわからないのです。よろしければ、いえ本当に、できたらでかまわないのですが、マロンちゃんに食べさせてみてもらえませんか」

藤江は怪しいものを見るような目でカップケーキを見やる。

「……なにが入ってるんですか」

「土台にしたのはじゃがいもと鶏ひき肉です。茹でて脂分を減らしているのでカロリーも抑えられます。茹でたさつまいもとかぼちゃのペーストで色どりを添えました。ああ、マロンちゃんは興味を持ってくれたみたいですね」

見るとマロンは飛び上がらんばかりに前足で宙を掻き、釘付けになってカップケーキを見つめている。

「マロンちゃん、だめよ」

藤江が声をかけてもマロンは聞こえていないのか、荘介に飛びつこうとしている。藤江が抱きしめていなければ、荘介が持つカップケーキ目がけてジャンプしたことだろう。

荘介は優しい声音で藤江に尋ねる。

「もしかして、マロンちゃんには、いつもおやつをあげていないのでしょうか」

「そんなことはないんですけど……」

藤江がマロンを隠すかのように、きつく胸に抱く。マロンはふわふわの毛のせいだけではなく、体自体が大きいようだ。おやつのやりすぎなのかもしれないと久美は思いながら、荘介の次の言葉を待った。

「体に悪いものは入っていません。調味料も無添加です。小さなマロンちゃんでも食べすぎにはならないほど小ぶりのカップケーキです。ぜひ、試食をお願いします」

藤江はマロンを見下ろした。マロンはカップケーキと藤江の顔を交互に見やり、食べたさが高じているようで、舌を伸ばして鼻をぺろぺろ舐めている。

「外に出ればいいんでしょ」

ぶすっとした藤江は、力任せにドアを開け、ガランガランというドアベルの音とともに外に出る。

藤江はずっと抱いていたマロンを下ろしてリードを短く持った。

「しかたないから、マロンちゃんに試食させてみてもいいですけど」

藤江の許可が下り、荘介はしゃがんでカップケーキをマロンに差しだした。マロンは大慌てでカップケーキの外側に齧りつく。

「あっ！　マロンちゃん、だめ！」

藤江が慌ててリードを引いたときには、マロンは既にカップケーキを半分食べ終えていた。

「ちょっと！　周りの紙まで食べちゃったじゃない！　お腹を壊したらどうしてくれるの！」

目を三角にして怒る藤江に、荘介は愛想良く微笑んでみせる。

「カップはじゃがいもで作っています。底からクリームまで、すべて食べてしまえるカップケーキです」

「じゃがいも……、まあ」

驚いて目を丸くした藤江に、荘介が尋ねる。

「マロンちゃんは気に入ってくれたでしょうか」

藤江が見下ろすと、マロンは残りのカップケーキも軽く平らげていた。もっと欲しいのか、その場でくるくると回って地面の匂いを嗅いでいる。

「嬉しいみたいです。マロンちゃん、美味しかったのね。でも、お代わりはないのよ」

言葉がわかったかのようにマロンは小さく、くうんと鳴く。

一段落ついたのを見計らって、鏡もちを運んできた久美が、藤江に紙袋を差しだした。

「寒い中、お待たせいたしまして、申し訳ございません」

藤江はまた、鼻の頭にしわを寄せた不機嫌な顔を久美に向ける。

「本当よ。客を外で待たせるなんて。もし、マロンちゃんが風邪を引いたら、どうしてくれるの」

久美はマロンに視線を向け、しゃがみ込む。

「お待たせしてごめんね、マロンちゃん」

ごく真面目に犬に謝る久美を見て、藤江の苛立ちも収まったようだ。一つ、息をつくと、肩に入っていた力を抜いた。久美は改めて紙袋を差しだす。

「ご予約いただいたおもちです。こちらはお正月まで置いていただいても大丈夫です」

久美から紙袋を受け取った藤江は今までの不機嫌が嘘だったかのように、にっこりと笑ってみせる。

「とても美味しいおもちだって聞いたけど。一番美味しいのは受け取った当日だよって言われたのよね。だからね、今夜は磯辺《いそべ》もちにするの」

藤江があまりにも嬉しそうに言うので、久美は「鏡もちにしないの!?」という言葉をかろうじて飲み込んだ。

マロンがもちの匂いに反応して、紙袋に飛びかからんばかりにぴょんぴょんと跳ねる。

「だめ、マロンちゃん。おもちはあげられません」

きっぱりと言って、藤江はマロンを座らせる。それでも、うずうずと体を揺らすマロンを見つめて藤江は悲しそうにため息をついた。

「お店の甘い匂いに包まれ続けたら、うちの子、我慢できなくて暴れちゃったかもしれないわ。なのに、動けないように無理やり押しとどめてるなんて。それって、酷なことだわね」

藤江は気持ちを切り替えようとしているのか、深呼吸をした。

「お菓子を買いにくるときは、マロンちゃんには留守番してもらいましょう。次に来るときには人間用のお菓子と一緒に、マロンちゃん用のカップケーキも一緒に買いたいわ」

荘介は笑顔を崩さぬまま藤江に小さく頭を下げる。

「犬用カップケーキは、いつもは出しておりません。ご入用の際は、どうぞご予約をお願いいたします」

藤江は明るい表情で頷く。

「わかりました。そうね、マロンちゃんのお正月のごちそうに買ってみようかしら。予約は何日前からできます？」

「僕がいるときでしたら、すぐにうけたまわります」

理由を問おうとしているようで口を開きかけた藤江に、久美が慌てて言う。

「あの、店長は……、そう、そうだ。配達ですとか、えーと、あとなんだろう。なんだかいろんな事情で外出が多くて……」

久美の慌てっぷりがおかしかったのか、藤江はプッと噴きだした。荘介はなめらかな口調を崩さず言う。

「当店は年内、二十八日までの営業ですが、カップケーキの消費期限は二日です。年明けの一月四日までお待ちいただけますか？」

荘介の笑顔の中にこもる誠実さが通じたのか、藤江は素直に頷いた。

「じゃあ、四日に受け取りに来ますので、よろしくお願いしますね。七日までは松の内、お正月のうちですからね」

荘介が品良く頭を下げる。

「ありがとうございます。美味しいものをご準備いたします」

藤江のくだけた様子に久美はほっと胸を撫でおろした。藤江が荘介に尋ねる。

「おもちとカップケーキ、二つで、おいくら？」

「カップケーキのお代は結構です。試食してもらったのですから、こちらから謝礼を出してもいいくらいで……」

滔々《とうとう》と不穏なことを言いだした荘介のつま先を、久美が思いきり踏みつけて黙らせた。

すると心配したのか、マロンが荘介の足の様子を見るかのように、鼻を近づける。

藤江は楽しそうにマロンを見つめて、カバンから財布を取りだした。久美に明るい声をかける。

「お会計をお願いします」

「はい！　ありがとうございます！」

元気に尻尾を振るマロンと、マロンの頭を撫でてやっている藤江の姿を見ていると、北風が吹く通りも、どこか優しく感じられる。久美は温かな気持ちになってほっと息をついた。

噛みしめる日常の味

カランカランとドアベルを鳴らして、一組の男女が店に入ってきた。開店準備を終えたばかりの久美はドアの方に、ぱっと明るい笑顔を向けた。

「陽《よう》さん！　いらっしゃいませ！　わあ、久しぶりですね」

久美の声に星野《ほしの》陽はその名のとおり、太陽のように温かい微笑みを浮かべる。

「おはようございます、久美さん。一か月ぶりくらいかしら」

「そうですね。事始めのお菓子を買っていただいて以来ですから」

一年を司る神様、年神様を迎える準備を始める事始めは十二月八日だという。年明けの金曜日、一月八日の今日でちょうど一か月。計ったかのように店にやって来た陽は、今日も輝くばかりに美しい。長い黒髪、白磁のような肌、菩薩《ぼさつ》のように柔和な顔。久美はうっとりと見つめる。それに応えるかのように、陽もそっと一歩前に出た。

「久美さん、元気そうね」

「はい！　もちろんです！　私は元気が取り柄ですから」

「ふふふ。今年もよろしくお願いします」

「本年もどうぞ、ご贔屓《ひいき》に」

二人が華やかな笑顔でガールズトークを始めようとした気配を読んで、陽の連れの青年が声をかけた。

「あの……。僕も会話に交ぜてもらえないでしょうか」

陽の傍《かたわ》らにぼーっと立って、申し訳なさそうに言う。

「え、藤峰《ふじみね》、おったと？　いつ来たと？」

「陽さんと一緒に入ってきたよ！　もう、久美はいつもいつも僕の存在をなき者にしようとするの、やめてよね」

藤峰透《とおる》は今日もチェックのシャツをよれよれのジーンズにインしたお馴染みの恰好だが、ダウンジャケットを羽織っているおかげで、少しだけ世の中のファッションに馴染もうと努力しているようにも見える。

「わざとやないっちゃん。うっかり見過ごしようとよ」

高校の同級生である藤峰の前だと素の博多弁が出る久美は、遠慮する気もまったくなく、本心をずばりと口に出す。

「ううう。嫌がらせされるより、存在を見つけてもらえない方が悲しい……」

「嫌がらせって、なんね。そんなことしたことなかろうもん」

「数えきれないほどあるよ」

学生時代の二人を知らない陽には、藤峰の発言の真偽のほどはわからない。が、久美は藤峰が虚偽の発言をしようとしていると判断した。叱りつけようと口を開きかけたが、ふと藤峰の隣に陽が立っているのだと意識すると、怒りはすーっと消えていった。ほがらかな明るい声で陽に語りかける。

「ご予約のお茶会用のお菓子、ご準備できていますよ」

ショーケースに保管されている、細かな金銀箔が散らしてある華やかな紙箱を取りだした。蓋を開け、中身を確認してもらう。

「花びらもち、二十四個です」

京都《きょうと》では正月に欠かせないと言われる花びらもちは、ゴボウを蜜漬けにしたものと白味噌餡《あん》を紅と白のもちで包んだものだ。

「まあ、きれい。透けたピンクが鮮やかね」

紅色のもちを薄く伸して火で軽くあぶってから羽二重《はぶたえ》もちでくるむため、紅色が透けて上品なピンク色に見える。

「当店では羽二重でくるむおもちを赤に染めています。去年までは紅白《こうはく》まんじゅうのような薄い色合いを使っていたんですが、濃い赤の方が透けたときにより華やかになると、変更したんですよ」

藤峰が感心したようで「ほー」とフクロウの鳴き真似のような声を出す。

「白いおもちを捲《めく》ったら、赤いおもちが見えるの。一つ捲ってみていい？」

「いいわけないやろ。ご予約の数が足りんくなる……。あ、そうか。藤峰が一人だけ食べずにいればいいいんやんか」

「え、やだよ！　家族から仲間外れになるじゃないか。食べるときに切り口を見るからいいよ」

陽は極上の笑みを浮かべて、藤峰の慌てっぷりを観察している。

久美は以前から、天女のような陽と、半人前というより四分の一人前の藤峰がどうして付き合っているのかと不思議に思っていた。だが最近、陽の好みが尋常ではないらしいと気づいた。

一緒に動物園に行けば、動物はよだれがかわいいのだと言って、よだれを垂らした個体を探して柵の周りをうろうろする。美しい黒髪はファッションで伸ばしているのではなく、どこまで伸びるか観察しているのだと言う。

爬虫類《はちゅうるい》も大好きで、日光浴をして動かないイグアナを、いつまでもいつまでも延々と、うっとりと見つめている。久美は、陽が藤峰を好きな理由の一つは顔がイグアナに似ているからだろうと、そのときにあたりを付けたのだった。

久美が大きな箱に蓋をして熨斗紙《のしがみ》をかけていると、陽が嬉しそうに言う。

「年の初めに、こんなに華やかなお菓子が食べられるなんてすてきだわ。手間のかかるお菓子なんでしょう?」

花びらもちの箱を紙袋に入れて、久美は顔を上げた。

「おもちにくるむゴボウを蜜漬けにするのに時間がかかるだけで、手間はそうでもないみたいですよ。おもちは定番商品ですし、そこにくるむ白味噌餡はいつも作っているものですし。いつでもお気軽にご注文ください。……って言っても、お正月にしか食べないものなんですよね」

「あら、そうでもないんじゃないかしら。透くんのおばあさまから頼まれた指定日は今日だけど、もう八日でしょう。お正月は終わっているわ」

「あ、そうですね。昨日で松が明けたんですよね」

藤峰がぽかんと口を開けしばらく久美を見ている姿を、陽が不思議そうに眺める。藤峰は一度口を閉じ、すぐにまた開いた。

「久美の口から松明けなんていう風流な言葉が出てくるなんて。年は取ってみるもんだね」

「人を年寄りみたいに言わんとって。自分だって同じ年なんやから」

普段なら二人の軽口の応酬を黙ってにこにこと聞いている陽が、珍しく口を挟んだ。

「でも本当に、年を取ったからこそわかることって多いわよね」

久美は目をぱちくりと瞬く。

「陽さんでも、そう思うんですか？　私、陽さんは昔から陽さんなんだと思っていました」

「え、なあに、それ。私はたしかに生まれたときから星野陽だけど」

うふふと笑う陽に、藤峰が頷いてみせる。

「久美は昔からわけのわからないことを言う天才だから」

「失礼な。私くらい論理的に話す人間は他におらんとよ。驚いたとは、陽さんは子どもの頃から年齢にかかわらず、美しさも精神性も特別に優れていたんだと確信していたからやけん」

陽は不思議そうに小首をかしげる。

「精神性って、なにかしら」

「仏様みたいに優しくて、聡明で、えーと。あとなにがあるっけ」

久美は大学院で仏教学を専攻している藤峰に、仏のような人を褒める言葉を聞こうかと視線をやりかけた。だが、水を向ければ藤峰が陽を称《たた》える言葉を何時間でも繰りだすことを思いだして口を閉じた。

しかし藤峰は既に賛美の言葉を言いたくてしかたなかったようで、久美が黙った一瞬の隙をついて語りだした。

「本当だよ。陽さんはまさに仏性《ぶっしょう》を体現したような女性なのさ。輪廻転生《りんねてんしょう》したら天女になるに決まってるよ。初詣に行ったときのことなんだけど……」

「初詣！　そうだ、そうそうそう。ぜひ聞きたいと思ってたんです。陽さん、星野家のお正月はどんな感じなんですか？」

なんとか話をそらそうと、久美が大声で藤峰の言葉を遮る。陽は天女のような美しい声で正月の思い出を語った。

「うちは、とくに決まってすることはないの、おせちもないし。お雑煮だけ食べたら、あとは寝正月よ」

久美がぽかんと口を開ける。

「まさか陽さんから寝正月なんて言葉が出てくるなんて……」

「年の初めから、お昼寝三昧《ざんまい》だったわ。ね、透くん」

星野家に居候している恋人の藤峰に、陽はかわいらしく小首をかしげてみせた。

「うん。寝正月は初めてだったから興味深かったよ。それに、陽さんの寝顔を一日中見ていられるんだ。寝正月ばんざい！」

両手を高く掲げる藤峰に久美が尋ねる。

「あんたこそ寝正月ばっかり過ごしてきたような顔しとるけど。藤峰家はどんな風に正月を過ごすと？」

「顔は関係ないだろ。うちは朝一番に家族みんなで書き初めをするよ」

陽が嬉しそうに言う。

「透くんは字がとっても上手なの。すごいのよ」

「いやあ、それほどでも」

久美は、でれでれと締まりのない表情になった藤峰から、気持ちの悪いものを見たと言わんばかりに顔を背ける。

「それで、書き初めだけとね？　お正月の行事は」

藤峰は視線を天井に向け、指折り数えていく。

「えーと。お屠蘇、おせち、お雑煮、お茶会、初詣……」

「んん？」

呟いた久美の声を聞きつけて、藤峰が視線を久美に戻した。

「ちょっと待って。藤峰家のお茶会って、今日じゃないと？」

「八日もだけど、元日にもお茶を飲むんだ。おせちのあとにばあさまが点《た》てるんだけど、これが美味しいのなんのって。年は取るものって言うけど、本当だよ。茶道経験も五十年を超えたらすごいもんだよ」

そのお茶を今から飲むことになることを期待してだろうか、陽は変わらず上機嫌だ。

「それでね、今日は藤峰家の菩提寺にもお参りに行くの」

久美が小首をかしげて質問した。

「お正月にお寺って珍しくないですか？」

藤峰が珍しくきりっとした表情で語る。

「珍しくなんかないよ。年末から新年にかけて日本各地の寺社の様子を放送するテレビ番組があるじゃないか。見たことない？」

「あーあーあー、あれね。見たことある。そういえば、善光寺《ぜんこうじ》とか清水寺《きよみずでら》とかも映ってたね」

久美の肯定を受けて、藤峰が滔々と語りだす。

「もともと日本は神仏習合の時代が長く続いたんだ。神社と寺が分けられたのは近代のことでしょ。だから、もともとのあり様を考えたら神社でも寺でも、なんなら、祖霊の塚でもお参りすれば初詣と呼べると思うんだ、僕は。今は大きな寺社に参詣することが多いけど、これは……」

「陽さん。藤峰の話、長くなりそうですから、お茶にしませんか」

「わあ、ありがとう。じつはね、ちょっと早く着きすぎちゃって。一本早い電車に乗るわけにもいかなくて、どうしようって透くんと話してたの」

自分の専攻である宗教の歴史語りを遮られても平気な顔で、藤峰は陽について歩いていき、イートインスペースの椅子に腰かけた。

「うちのばあさまは時間にうるさいんだ。遅れたら当然のように叱られるけど、早すぎてもだめなんだよなあ。時計があるんだから、正確に動けって」

久美はショーケース裏に周り、お茶の支度を始める。

「それなら、ゆっくりしていきんしゃい。これからお茶会でお抹茶《まっちゃ》なんだったら、ノンカフェインの方が良かろうけん、たんぽぽコーヒーにしよっか」

焦げ茶色の粉が透けて見えるティーバッグが入った大袋を二人の方に向けて、久美が言う。

「わあ、嬉しいわ。名前だけは聞いたことがあるけど、飲んだことはないの。楽しみ」

陽の賛成を受けて藤峰に文句があろうはずもなく。久美は二人のためにたんぽぽの根を原料にした飲み物を淹れて運んだ。

「コーヒーに似た香ばしい香りがするわ」

「濃い茶色の見た目だけが名前の由来じゃないんだね」

感心している陽と藤峰に、お茶のことも研究している久美は、たんぽぽコーヒーの効能を語る。

「たんぽぽコーヒーはたんぽぽの根を乾燥させて焙煎《ばいせん》したものなんよ。ポリフェノールのクロロゲン酸が豊富らしいと。昔から漢方薬として使われとったって。乳腺炎っていう病気にも効くし、体を温めるから妊婦さんにもお勧めらしいとよ」

説明しながら、久美は試食用に一口大に切ったばかりの、ふわふわのカステラをテーブルに運ぶ。

「いつものカステラですけど、良かったらどうぞ」

藤峰が一切遠慮することなく、ぱくりとカステラを口に入れる。数度噛んだだけで溶けるようなやわらかさのカステラを飲み込んで、陽に視線を向ける。

「お茶会にカステラを出してもいいのかな」

「そうね。南蛮菓子も面白いかもしれないわ」

のり気の陽に、藤峰が首をかしげてみせる。

「そのときは主菓子《おもがし》になるのか、干菓子《ひがし》になるのかわからないね」

陽は頷く。

「透くんのおばあさまにうかがってみましょうか」

二人の会話を聞いていた久美は営業トークを繰りだす。

「カステラはいつでも置いておりますので、ご入用の際は、ぜひ」

陽は素直に頷き、藤峰は、うさん臭いものを見る目で久美を見やった。

「なんよ、藤峰。なんば見ようとね」

「いや。商売上手だなーと思ってさ」

まったくそのとおりだというのに、藤峰の言い方だと嫌みに聞こえる。久美はむっと眉根を寄せた。

「そんなこと言うけど、あんたは試食品を食べるばっかりで、カステラを買ったことないやんか」

藤峰は久美と似たむっとした表情をしてみせるが、迫力はまったくない。

「うーん。それがさ。実家に戻ると、いつでもカステラがあるからさ。なぜかばあさまの知り合いはお土産《みやげ》にカステラばっかり持ってくるんだよ。だから、お店で買うっていうイメージが湧かないいんだよね」

久美が唇を尖らせてみせる。

「えー。カステラくらい美味しいお菓子なら、いくらあっても食べられるって。藤峰のところは家族が多いんだから」

「まあ、そうなんだけどさ。仏壇に三本も四本も上げるわけにもいかないじゃないか」

藤峰の真面目な回答に、久美は真面目に話す気になった。

「あ、藤峰家は、手土産をお仏壇に供えるとね。きちんとしとるね」

「うん。うちはばあさまが信心深いから。寺にもしょっちゅう通ってるよ。僕も小さい頃から連れていかれてさ」

陽がバッグから数珠《じゅず》を取りだす。

「これ、今日のお参りのために透くんが買ってくれたの。信心深くてお寺に通うところ、透くんはおばあさまのご指南をきちんと受け継いでるのね」

陽が掲げた数珠は透明な玉が白い糸でつながれたもので、ピンクの房が二本下がっている。

「わ、きれいですね。水晶ですか」

「そうなの。透くんとお揃い」

久美が不思議そうに尋ねる。

「藤峰もお数珠を持っとうとね」

ポケットから紫色の房が付いた数珠を取りだしてみせた藤峰も、なぜか不思議そうにする。

「久美は持ってないの？」

「若い人はあんまり持ってないんやない？」

藤峰は、再び普段は見せないようなきりっとした表情をする。どうやら仏教学につながる会話が始まり、気合が入ったようだ。

「うちの親類はみんな、子どもが産まれたら数珠を買うんだけど、珍しいのかな」

久美もごく真面目に首をかしげる。

「どうやろか。うちはお数珠がどこにしまってあるかもわからんよ。藤峰の家は仏壇があるけん、さして珍しくないんやろうね。陽さんのお家はどうですか？」

陽は数珠を大切にしまいながら返事をする。

「うちはクリスチャンだから」

「え！」

久美は藤峰と陽の顔を何度も交互に見比べた。

「藤峰、改宗すると⁉」

陽が優雅に首を横に振る。

「しないわ。透くんから仏教を取ってしまったら、きっと空気が抜けてぺちゃんこになってしまうわ」

「僕もそんな気がする」

久美はまた二人の顔を見比べる。

「じゃ、じゃあ、どうすると？　間を取ってイスラム教に傾くとか……」

陽が優しく目を細める。

「久美さん、面白い。その発想はなかったわ」

「よく突拍子もないことを考えだすよね」

藤峰に言われて、いつもならムッとする久美だが、今は本当に心配で次の提案をすべく、頭をひねっている。

「大丈夫よ、久美さん。うちはクリスチャンといっても教会に毎週通うほど熱心じゃないの。お葬式とか結婚式とか、そんなときだけ顔をだす怠《なま》けものの信者なんです」

陽は安心させようと軽い調子で言ったのだが、久美の心配は解消せず、落ちつかない様子でテーブルに近づく。

「で、でも。確か藤峰の家はクリスマスもしない厳格な仏教徒だって聞いた覚えがあるんだけど……」

「そうだよ」

「クリスマスに関するものは、家に持ち込み不可だって言ってなかった？」

「そうだよ。高校時代に話したことなのに、よく覚えてるね」

なにも考えていないかのような気楽な返事をする藤峰を軽くにらんで、久美は陽に視線を移した。

「陽さんのご家族は、いくらゆるく信仰してるって言っても、さすがにクリスマスは教会に行くんじゃ……」

「そうね。だから、去年は透くんも一緒にミサに参加したのよ」

驚きすぎた久美の目が真ん丸になっている。

「藤峰が、ミサ！　仏教オタクの藤峰が！」

久美の驚きの叫びを、藤峰は静かな眼差しで受け止めた。

「比較宗教学もすばらしい学問だよ。世界中にあるさまざまな宗教は、その宗教ごとに生き方の指針がある。日本では仏教もキリスト教も、儒教も、さまざまな考え方が混ざっていて、特定の宗教を信仰する人は少ないよね。でも、それだからこそ、日本人の道徳観は……」

久美はぽかんと開けていた口を一旦閉じると、滔々と流れるような藤峰の話を遮るために また開けた。

「えっと、比較宗教学もいいっちゃけど。もし、クリスマスパーティーに誘ったら来ると？」

「いや、行かないよ」

すべての宗教を肯定するかのような宗教学の話題のあとに、それを否定するような藤峰の言葉だ。翻弄された久美は、またぽかんと口を開けた。数秒して考えがまとまり、ようやくなんとか喋りだした。

「ああ、そこは実家のしきたりに従うんだ」

「いんや」

藤峰は夢見るような視線を陽に向けた。

「クリスマスは陽さんと二人きりで過ごすに決まってるじゃないか」

陽が嬉しそうに笑う。

「去年のクリスマスはお寺巡りをしたの。いろいろな仏像に出会えて、とっても楽しかったわ。透くんが彫った持仏《じぶつ》をもらって、感動しちゃった」

久美は学問を教わろうとする学生のように積極的だ。

「持仏ってなんですか？」

陽はバッグから手のひらに包み込めるほど小さな布包みを取りだす。

「小さな仏像よ。私の幸せを願って、愛染明王《あいぜんみょうおう》を彫ってくれたの」

「愛染明王？」

陽が取りだしてみせた立派な造りの仏像を指差しながら、藤峰が生き生きと説明を始めた。

「簡単に言うと、腕が六本あって、怒り満面、すんごく怖い顔をした密教《みっきょう》の仏様のことだよ」

陽の手の中の仏像は、たしかにそんな造形だ。見事な造りで、子どもが見たら泣いてしまうかもしれないと思うほどだ。藤峰はごく真面目な顔で、陽が捧《ささ》げ持った愛染明王の像を覗き込みながら言う。

「まあ、仏様というのとは、本当は少し違うんだけどね」

藤峰がまた難しい単語を並べて仏教学の講義を始めないうちにと、久美は話題を下方修正した。

「なんで陽さんにプレゼントするのに怖い顔の仏像を選んだと？」

藤峰は学問を始めたばかりの初心者に教え諭すように言う。

「女性を守ってくれる仏尊だからさ。良縁結び、子孫繁栄、厄《やく》を払うなどなど。愛を体現する存在なんだよ」

陽が仏像を布に包んで丁寧にバッグに入れた。藤峰はその様子を嬉しそうに見つめている。

久美はこめかみに人差し指をあてて、神社の神様だけでなく、仏像にもご利益《りやく》があるものなのかと考え込んでいた。そんな久美の疑問には気づかないようで、藤峰の講義は淡々と続く。

「米沢藩《よねざわ》の有名な武将で、直江兼続《なおえかねつぐ》って人がいるよね。兜《かぶと》の前立てっていう独特な飾りがあるでしょ。その飾りの部分に大きく『愛』の一文字が付いているんだ。これ、ラブの愛じゃなくて、愛染明王の愛だっていう意見が多いんだ。愛染明王が軍神だからっていう理由でね。他にも愛宕《あたご》神社を尊崇していたから、その愛かもしれないんだけど、真相は本人に聞くしかないよね。研究が進んだら、文献が見つかることもあるんだろうけど」

久美の疑問に答えが出ないうちに、藤峰の講義はどんどん進む。

聞いているふりをして聞いていない久美は、陽のたんぽぽコーヒーが空になっていることに気づき、お代わりを淹れにショーケースの裏に戻った。久美に無視されることに慣れきっている藤峰は穏やかに仏教講義を終えた。

いつもなら久美がいない隙に愛を語りはじめる暑苦しい二人だが、今日は黙って窓の外を見ている。

「二人とも、今日は静かですね」

運んできたカップをテーブルに置きながら久美が尋ねた。問われた藤峰がそっと答える。

「仏教の歴史に思いを馳せてたんだ」

陽が藤峰に寄りそうように言葉を継ぐ。

「私は愛染明王の功徳《くどく》について考えていたところ」

カップを置いた久美は陽の隣に腰を下ろした。

「願い事を叶えてくれるのって、神社の神様だけかと思ってました。仏教も、なんというか、現世利益を考えたりするんですね」

藤峰が静かに首を横に振った。

「宗派によって大きく違うのさ。密教なんかは現世の欲を悪とは考えないんだよ。欲がなければ大欲《たいよく》もないんだからね」

久美がことんと小首をかしげる。

「大欲ってなんね」

藤峰は常にない真面目さで答える。

「仏様の思いのように世の中のみーんなを救いたいと思う気持ち、かな」

納得できたような、できなかったような不思議な表情で久美が言う。

「ふうん。私は仏教って欲とかぜんぶ失くしてしまわないといけないんだと思っとった。そうしないと成仏《じょうぶつ》できんって」

「そういう宗派もあるってこと。ちなみにうちは浄土真宗《じょうどしんしゅう》。他力本願な宗派だよ」

久美は納得したという顔をする。

「藤峰にぴったりやん」

「まあね。他力本願にもいろいろ意味があるけど、久美には難しいだろうから割愛するよ」

偉そうに胸を張る藤峰に一発くれてやるべくこぶしを握った久美を、陽がやんわりと止めた。

「久美さん、欲が前面に出ているわ」

陽にたしなめられて拗《す》ねた久美は、子どものように、むうっと顔をしかめる。

「藤峰の方が欲深いですよ。こんなにすてきな陽さんを一人占めしようだなんて。そもそも仏教学徒なのに、いつも暑苦しく愛を叫んでるんやもん。我欲だらけですよ」

藤峰が常にない真面目な表情でかぶりを振った。

「陽さんへの愛が原因で成仏できないとしても、僕は満足だよ。苦しくても辛くても、陽さんの側にいることだけが、僕の生きる意味なんだよ」

仏教用語で愛を語る藤峰の熱意で暑苦しくなってきたテーブルから逃げようかどうしようかと久美が悩んでいると、陽も口を開いた。

「病めるときも、健やかなるときも、一緒にいたいの」

藤峰に呼応するかのように出てきた陽のキリスト教的愛の熱量で火傷しないうちにと、久美はそっとショーケースの方に足を向けた。

「久美さんは、どっちがいいの？」

「え、え。私ですか？　私もその会話に巻き込まれなくちゃいけないんですか」

陽は人差し指を顎《あご》にあてて少し考えてから答えた。

「もらい事故みたいなものかしら。せっかくいいお天気だし、話しちゃいましょ。辛くても愛する人と一緒にいる現世がいいのか、解脱《げだつ》して苦しみのない境地に達するのがいいのか」

陽の慈愛深さが声に表れていて、久美はその慈愛の見えない光に吸いよせられるかのように席に戻った。

「私はべつに、どっちでも」

藤峰が鼻で「ふっ」と笑って陽の肩を突っつく。

「陽さん。久美は自分のことと捉えていないみたいだよ、この問題を」

「ええ、そうね。他人事な発言だったわ」

二人が共闘するらしいと悟った久美は、迎え撃つべく腹をくくった。だが、藤峰と陽が出した難問の答えは、まったく出そうにない。だが二人は答えを急かすかのようにじっと久美を見つめる。

「そ、そんな難しいことを言われても……」

焦《あせ》って言葉に詰まる久美に、藤峰が優しい声をかける。

「久美はさ、本当に考えてないの？　このまま居心地のいい関係のまま、荘介さんと一生を過ごせると思ってる？」

やっと欲に関する話を自分のこととして捉えられた久美は、少し考えてから答えを口にした。

「それは、考えてないわけじゃないっていうか、そうでもないっていうか……。だって、よくわからんっちゃもん」

考えたにしては意味のない久美の答えを聞いて、憐《あわ》れむように藤峰が合掌して目をつぶる。

「荘介さんがいなくなっても大丈夫なの？　荘介さんがいない人生は、ありなの？」

久美は目を真ん丸に開いた。

「考えられない！　ありえんよ。荘介さんが作ったお菓子を最初に食べる権利を放棄する気はないもん」

藤峰は優しい瞳で久美を見やる。

「それはさ、仕事のパートナーだったらずっと続く幸福かもしれないね。その他にも、荘介さんのお菓子を愛する店の一番の常連になるって手もあるよ。久美がお菓子を食べることだけで満足できるなら」

今度はなにを言われているのだろうか。仕事上でも店の常連としてでも、久美は昔からずっと自分が一番だと思っていた。藤峰は慈悲深い声で言う。

「荘介さんのお菓子を最初に食べられるなら、荘介さんの隣に知らない女性がいても、それで平気？」

久美はぎゅっとこぶしを握って俯いた。

「……平気じゃない」

「解脱すれば、そんなことを辛いと思わなくなるんじゃないのかな。解脱して煩悩《ぼんのう》に負けずに、嫉妬《しっと》心もなくして。荘介さんの一番の理解者であり、有能な店員として店に居続けるって手もあるんじゃない？」

　久美は俯き、仕事中は外している荘介からもらった指輪の存在を、つけていない今も薬指に感じながら、ぽそりと呟くように言う。

「それじゃ、だめとよ」

　藤峰が真面目な表情で尋ねる。

「なんで？」

　久美はしばらく言葉を探して視線をさまよわせた。自分の居場所だから、好きだから、好きでいてほしいから、夢にまで見た今だから、荘介のお菓子が大好きだから……。見つかった言葉はどれもありきたりで、自分の気持ちを本当に表しているのかわからない。どこか弱々しくて、口に出して世間の荒波に揉まれたらぱちんとはじけて消えてしまいそうだ。

　それでも形にしないといけない、とても大切なことだ。深く深く自分の中を探して不器用なままの言葉を口にした。

「私が解脱しちゃったら、誰が荘介さんと悲しみを分かち合うと？　荘介さんが苦しい思いをしたときに誰が一緒に苦しむと？　私以外の人が、そんなことしたら嫌だ」

陽が久美の腕を優しく撫でる。

「久美さんが一緒にいたいって思う人が荘介さんなら、私も透くんも安心だわ」

「でも」

久美は陽を見つめた。

「本当に荘介さんの隣にいるのが私でいいのかは、わかりません」

そう言って完全に顔を伏せてしまった久美を置いて、陽はテーブルに向き直る。小皿にのった、ほんの小さなカステラをフォークで半分に切り分けると、一欠けらをフォークに刺して久美の口の側に運んだ。

「はい、久美さん。あーん」

突然目の前に差しだされたカステラに、久美は条件反射で食いついてしまった。久しぶりに食べる荘介が作ったカステラは、客として『お気に召すまま』に通っていた学生時代から変わらず美味しい。ふわっと香る卵のまろやかさ、ザラメ糖のきらきらした歯ごたえ、天面の焼き色そのままに少しだけ苦い皮部分。

このカステラはいつも必ずショーケースにある。だが見慣れすぎて存在を気に留めることもない。病めるときも健やかなるときも、この店にずっとある味。これがあれば、どんなときも安心できる。そんなお菓子だ。

カランカランとドアベルが鳴った。振り返ると、荘介が入ってきて、三人に向かって声をかけた。

「おや。みんな揃って、どうしたんですか？」

藤峰が空になったカステラの皿を持ち上げてみせる。

「カステラの試食をしていました」

陽が少しだけ残っていたカステラをぱくりと食べた。

「今日は、久美さんも一緒にお茶会なんですよ」

荘介が歩みよって、久美の隣に立つ。

「久美さん、カステラの味はいかがでしたか？」

「……美味しいです。いつだって美味しいんです『お気に召すまま』のカステラは。だから、私」

久美がしっかりと荘介の目を見る。

「この味を作る人を、守っていきたいです」

荘介は一瞬、目を見開いた。それからすぐに少年のような、明るいはにかんだ笑みを浮かべた。

「そうしてくれたら、毎日とんでもなく美味しいものを作れそうですよ」

久美は胸を張ってみせる。

「もし、とんでもない失敗作を作っちゃっても、私がちゃーんと試食してストップをかけますから、任せてください！」

「頼りにしていますよ」

いつもどおりに仲の良い二人を見て、陽が明るい声で言う。

「久美さんは荘介さんの持仏として、このお店にいるのね」

不思議そうに久美が首をかしげる。

「お守りみたいになんて、なれそうもないですけど」

藤峰が軽い調子で口を開く。

「ご利益はありそうだよね。鬼が来ても勝てそう」

「それは、私が鬼より怖いって言いようと？」

自分の失態に気づいた藤峰は音もなくそっと立ち上がると、少しずつ少しずつ、ドアの方に寄っていく。

「そ、そんなこと言ってないじゃないか」

「じゃあ、どういう意味で言ったんか、キリキリ喋りんしゃい」

「ほら、あの……、勝つって言ってもいろいろあるじゃない。勝負の方法も、腕相撲《うでずもう》とか、にらめっことか」

久美はまなじりを吊り上げて藤峰をにらみつける。

「私が怪力で怖い顔で、鬼より強いって思っとるとやね。よーくわかった。鬼と戦う前に、あんたと戦わないけんね」

藤峰を蹴散らそうとしている久美の肩に、陽が触れた。

「鬼に勝つのはセイギマンよ、久美さん」

久美は驚いて振り返り、陽に尋ねた。

「陽さん、セイギマンを知ってるんですか」

「ええ。七歳のいとこが大好きで、見るように勧められたの。正義のヒーロー、セイギマン。久美さんにぴったりだわ」

陽は手を叩いて久美のヒーローらしさを称える。セイギマンに例えられてまんざらでもない久美は、えへへと笑う。

「じゃあ、ちょっとは優しくしないとですね。藤峰はオニキングにつかまりそうやもんね。助けなければ」

「でもまあ、鬼につかまるのも悪くないかな。鬼っていうのは、もともと目に見えないものだったんだ。オンと呼ばれて隠れて目に見えないもの、そう思われてた。そして、そのオンを退散させるために怖い見た目をしたものが……」

藤峰が滔々と喋りだしたのを横目で見ながら、久美は穏やかに微笑み、「優しく、優しく」と自分に向けて呟く。

「町を練り歩いたわけなんだ。それを見た人たちはオンなんて見えないから怖い容姿のものたちをオンだと思って、いつの間にかオンを追い払っていたはずの怖い姿のものが鬼と呼ばれていったんだよ」

「優しく、優しく、優しく」

と、久美は鬼を退散させるための呪文であるかのように繰り返す。その表情が険しくなっていくのを、陽はにこやかに観察していた。

「鬼という漢字は中国《ちゅうごく》伝来なんだけど、中国で鬼というのは地獄に住んでるあれではなくて……」

ぶつぶつ言っていた久美が、蘊蓄を聞き飽きたようで、藤峰にきっぱりと断りの言葉をぶつける。

「宗教学の講義はけっこうです」

「いや、これはどちらかというと民俗学的な話かなと……」

「どちらにしても、けっこうです。藤峰のもったりした話し方じゃ、聞き終わるときには夜になっとうやろね」

「そんなに遅くないよ、話すの」

二人のかけ合いにはかまわず、陽が立ち上がり荘介に話しかけた。

「お会計をお願いします。そろそろお店を出ないといけない時間なので」

「そうですか。またお越しの際はごゆっくりなさってください」

代金を受けとってショーケースの端に置かれているお菓子入りの紙袋を陽に渡し、荘介が藤峰に話しかけた。

「藤峰くん、時計を見た方がいいよ」

言われて素直に壁にかけられた時計を見上げると、藤峰は慌てて陽が持っている紙袋を受けとり、陽の手を取ってドアに向かう。

久美がドアを開けて外に出ると、藤峰が急ぎながらも小声で呟く。

「久美の愛、悪くないと思うよ」

陽も通り過ぎざま笑顔を向ける。

「かっこいい愛のヒーローね」

それは恋愛道の先輩としてのエールなのか、なんなのか。少し迷ったが、久美は褒められたのだろうと判断して機嫌を良くした。解脱なんてしなくても、地獄の鬼もやっつけよう。褒めてもらった愛がなにか、本当はまだよくわからないけれど、なにがしかの苦難と戦う力になるものには違いない。

カランカランとドアベルを鳴らして店内に戻り、荘介と少しの間見つめあって小さく頷いた久美は、テーブルをかたづけるべくトレイを握り、いつでも戦闘態勢と、きりっと表情を引き締めた。

それは、生まれ変わるような

「やっぱり、だめか」

「だめなんですか」

独り言のつもりで呟いた荘介が、久美の声に驚いて振り返る。

「久美さん、いつからいたんですか？」

「たった今です。おはようございます」

「はい、おはようございます」

「なにかあったんですか？」

久美が出勤するとショーケースには和菓子と、ゼリーやプリンなどの冷たいお菓子ばかりが並んでいて、洋菓子の種類が少なすぎた。荘介になにかあったのだろうかと心配しながら厨房を覗くと、荘介は腕組みして真剣な表情でオーブンをにらんでいるところだったのだ。

「オーブンが完全にお亡くなりになりました」

「あらー。とうとう壊れちゃったんですか」

荘介は黙って頷くと、オーブンのプラグをコンセントから抜いた。

「久美さん、ご相談があります」

「はい。オーブンの買い替えですね」

こくりと頷いて、荘介は一冊のパンフレットを久美に差しだした。

「これがいいと思うんです」

「………」

ページを覗いた久美は、あんぐりと口を開けて荘介の顔を見上げる。

「本気ですか？」

「はい」

ごく真面目な表情で頷く店長に、経理担当として意見を述べる。

「先代の跡を継いで昔から変わらない味を届けるのが『お気に召すまま』の使命ですよ。それは私もわかってます。だからって、これは……」

「だめですか。僕は薪《まき》割りには自信があるのですが」

荘介が示したパンフレットは、製パン用の厨房用品がのっているものだった。そして荘介が指さしたのは、薪オーブンだ。

久美は一度目をつぶり、天井を仰ぎ、しっかりと目を開けてオーブンの値段を確認する。念のためにもう一度確認しようと指さしで数えていく。

「いち、じゅう、ひゃく、せん、まん、じゅうまん、ひゃくまん……。ゼロもたくさんですが、数字も大きいですね」

「大きいことはいいことだ、となにかのコマーシャルで言っていましたね」

「知りません。きっと古ーい古ーい白黒時代のコマーシャルなんでしょうね」

荘介は悲しそうに目を伏せる。

「久美さんは、僕をおじいさんだと思っていないですか？」

「そこまでは思っていませんよ」

じゃあ、どこまで思っているのかと聞くのは怖いようで、荘介は口を噤んだ。

「店長、申し訳ないんですけど、薪オーブンは無理です。もし買ったとしても、毎日の薪代で破産してしまいます。残念ですけど、オーソドックスなタイプのガスオーブンにしましょう」

「ええ、そうですね。こちらの商品が値段も手頃で使い出がありそうなんです」

さっとページをめくってみせる荘介を、久美はむうっとした膨れっ面でにらみあげる。

「最初から、それがいいって思ってたんですね」

「最初はもちろん、薪オーブンがいいと思っていましたよ」

飄々とした荘介の態度は、わざと久美を怒らせようとしているのかとも思える。だが、本当に純粋に欲しいものを勧めてみただけかもしれない。どういう意味合いで荘介が無理な提案をしたのか見破ろうと、久美は目をすがめる。

「薪オーブンは買えないってわかってたんでしょう」

「もちろん」

「なんでわざわざ買わない商品を私に見せたんですか」

「それはもちろん……」

荘介は言葉を切って、真剣な表情で久美をじっと見つめる。

「も、もちろん、なんなんですか」

二人の間にできた妙な緊張感に久美は焦りを感じ、目力を駆使して荘介に早く話せと訴えてみたが、荘介は、ただただじっと久美を見つめ続ける。

「なんなんですか、もったいぶらずに言ってください」

「久美さんが面白い反応を見せてくれると思ったものですから」

ほがらかな荘介の態度がいつもよりもずっと癪《しゃく》に障るのは、最近あまりからかわれることがなくなっていたせいかもしれない。

子ども扱いされていた頃に戻ったような気がして、怒りのあまり、久美の顔がみるみる赤くなっていく。

「因果応報って言葉を知らんとね？　自分がしたことが自分に返ってくるとよ！」

いつものように迫力満点な声で叱られて、荘介は首をすくめる。それでもまだからかい足りないのか、軽口を言うときの表情で尋ねる。

「ええと、久美さんをからかうと、なにが返ってくるでしょうね」

「お別れの言葉とかでしょうか」

「ごめんなさい。もうしません」

間髪容れず、子どものように頭を下げる荘介の姿を見て、さすがに溜飲《りゅういん》が下がった久美は、荘介の手からパンフレットを取り上げて熟読しだした。

最初のページから丹念に見ていくが、薪オーブンのページはさっさと飛ばす。荘介は名残惜しそうに閉じられるページを見ていた。ちらりと目を動かした久美は、荘介が半ば本気で薪オーブンを欲しがったのだと知り、叱りすぎたかと小さな罪悪感を抱いた。

「そうですね、店長が選んでいたものが本当に良さそうです。予算も問題ありません」

「良かった。じゃあ、これで注文するよ」

久美からパンフレットを受け取ろうとした荘介に、久美は手のひらを向けてストップと動作で伝えた。

「いいえ、店長。まずは見積もりを頼んで、そこから値下げ交渉です」

「でも、それでは時間がかかります。焼き菓子を作れないと困りますよ」

久美はオーブンを、子どもを寝かすときのようにぽんぽんと優しく叩く。

「焼き菓子がないなら、和菓子祭りでも、ゼリー祭りでも、豆菓子祭りでもいいじゃないですか」

「豆菓子ですか。そろそろ節分ですし、それもいいかもしれませんね」

説得に成功した久美は破顔してパンフレットを閉じた。

「値切り交渉は私がやりますから、お任せください。店長にお菓子作りだけに集中していただけるよう、全力をつくします！」

敬礼してみせる久美に敬礼を返しながら、荘介は、はにかんだように見える。

「久美さんがいてくれて、本当に心強いですよ」

エヘヘと笑って、久美は店舗に出ていった。

それからの久美の八面六臂《はちめんろっぴ》の働きで、オーブンは三割引きになって『お気に召すまま』にやって来ることになった。同じように、壊れたオーブンを引き取ってもらうため他の業者にも連絡をして、そちらもかなり値引きしてもらうことに成功した。

開店の三十分前。壊れたオーブンを引き取りに、中古厨房機器の回収業者がやって来た。久美が業者を案内して厨房に行くと、荘介は静かにオーブンを見つめていた。

「店長、業者さんがいらっしゃいました」

久美がそっと声をかけると、振り返った荘介はいつもどおりの明るい笑顔を見せた。

作業着姿の男性二人が軽く頭を下げる。

「岩中商事《いわなかしょうじ》の岩中です。今日はよろしくお願いいたします」

「よろしくお願いします。お待ちしていました」

荘介が答えると、小柄ながら筋肉質な岩中と、背が高く細身の若い男性が揃って再び小さく頭を下げた。

「ものは、こちらのオーブンですね」

無駄なお喋りはしないタイプらしく、六十代前半くらいであろう岩中はすぐにオーブンに近づき、サイズを測りだした。電話で久美が一応のところは伝えたが、さすがにプロはきちんとしている。久美は感心して見学することにした。

オーブンの寸法を測り、足回りをチェックし、電源周りを見回し、安全を確保できているか指さしで確認して、屈《かが》めていた腰を伸ばした。

「では、すぐに運びだします」

岩中は連れの若い男性に合図して、取っ手のない台車をオーブンの近くに運ばせる。台車がいい位置に落ち着いたと納得したようで、岩中はオーブンの下に両手を突っ込み「ふっ」と短い息をはく。

「うわ！」

久美は思わず叫んだ。岩中は、百キロ以上はありそうなオーブンの片端を一人で持ち上げ浮かせた。そこにすかさず台車が差しこまれる。岩中はすぐにオーブンの反対側に移動して、また「ふっ」と息をはきオーブンを持ち上げた。こちらにも即座に台車が差し込まれる。

「うわあ、うわあ、うわあああ」

久美は小声で呟き続けるばかりだ。岩中の力持ちっぷりに驚いて感嘆の声しか出てこない。岩中はポーカーフェイスを貫こうとしているようだったが、照れが目許の赤みに表れていた。

「じゃあ、運びますが、裏口の方がいいんですよね」

久美の賛辞から逃げるように、赤らんだ顔のまま荘介に視線を移して岩中が言う。荘介はにこやかに頷いて裏口の戸を開けた。

台車にのせられたオーブンは静かに裏口から出ていく。社用車の軽バンを除《の》けておいたスペースを通り過ぎる。

通りに停めてある幌付きトラックの、パワーゲートと呼ばれる昇降機に台車ごとオーブンをのせ、台車に車止めを噛ませると、若い社員がパワーゲートを上昇させる。荷台の高さで止まり、岩中が一人でトラックの中にオーブンを押し込んだ。暗い荷室の奥にひっそりと隠されたかのように佇《たたず》むオーブンは、なにやらもの悲しく、久美は卒業式が終わったあとの無人の教室を思いだした。

「ずいぶん古い型のオーブンですねえ」

荷室から、ぴょんと飛び降りた岩中が言った。荘介も寂しさを抑えきれないのか、いつもより沈んだ声で返事をする。

「先代のときから使っていますから、二十年近くは経っていると思います」

「ははあ。それは長持ちしましたねえ。よっぽど大切に手入れされたんでしょう」

岩中は若い社員に目配せしてパワーゲートを上げ、荷室の扉を閉めようとした。そこでふと顔を上げて、荘介に尋ねた。

「こいつで最後に焼いたものって、なんですか」

「ドイツのジンジャークッキーです。先代が好きなお菓子でした」

岩中はにこりと笑う。

「そりゃ、このオーブンも嬉しかったでしょうなあ」

岩中はそれきり黙り、若い社員が久美と事務的なやり取りをするところを、じっと見ている。荘介はその隣に並んで、オーブンの最後の姿を愛情のこもった目で見つめていた。


トラックの後ろ姿を見送って厨房に戻った久美は、なにげなく視線を壁際にやった。今までオーブンがあった場所がぽっかりと広い。毎日熱を帯びていたであろう壁も、今はひんやりしている。そこになにかがあったという証拠は、オーブンの陰で日焼けすることのなかったコンクリートの床の白っぽい色ばかりだ。

久美は、同じように床を見ている荘介に言った。

「二十年働いてくれたオーブンは、すごーくがんばり屋さんだったんですね」

「うん。僕がこの店で正式に働くようになる前に一足先にやって来た、先輩みたいなものだったんだ。祖父に最後に教わったことも、一緒に聞いてたんだよ」

荘介は昔を懐かしむような遠い目をしている。その視線の先を追うように、久美も先代のことを思い起こした。

白髪白髭で緑色の目をしていた。白いコックコートを着たサンタクロースのような風貌で、いつも優しい微笑みを浮かべていた。

作るお菓子は絶品で、久美が子どもの頃、洋菓子といえば、先代の『お気に召すまま』のお菓子だった。先代のときには『お気に召すまま』はドイツ菓子専門で、ケーキも焼き菓子もどっしりと大きく、お腹がはちきれそうになるほどの食べ応えがあった。

そのオーブンがドイツだけではなく、世界中のお菓子を焼くようになってからの足跡を、高校を卒業して働きだした久美も見てきた。この店に、自分に、荘介に。オーブンはとても大切なものだったのだと、しんみりしてしまう。

「さて。次は新しいオーブンの搬入を待ちましょうか」

「十一時に到着する予定ですよ」

荘介は壁にかけている時計を見上げる。針は十時に近づいていた。

「そろそろ開店ですね。久美さんは店舗をお願いします。僕は空いたスペースを掃除しておくから」

「はい。あれ、荘介さん」

「なんでしょう」

久美が優しく言う。

「目許に水分が見えますよ」

「え」

久美に指摘されて、荘介は目許を指で押さえた。言われたとおり、ほんの少しだけ水滴が指に付いた。

「では、仕事に入りまーす」

久美が元気に店舗に行ってしまうと、荘介はハンカチでそっと目許を拭った。


約束の十一時ぴったりに、新しいオーブンはやって来た。トラックから下ろされて裏口から搬入される。荘介が細かく指示をして、水平を測って置いてもらうと、先ほど運びだされたオーブンの跡にぴたりと合った。

分厚い取扱説明書や保証書などを受け取って業者を見送ると、荘介は店舗に顔を出した。

店内には常連の、町内会長を務めている梶山《かじやま》がやって来ていた。イートインスペースでお茶を飲みながら久美とお喋りをしている。

「いらっしゃいませ、梶山さん」

荘介が声をかけると、好々爺《こうこうや》という風情の梶山は片手を挙げて挨拶を返す。

「やあ、荘介くん。新品のオーブンが入ったってね」

「はい。ぴかぴかですよ」

「それじゃ、今日は久しぶりに焼き菓子が店に出るんだね」

かなり期待している様子の梶山に、荘介は申し訳ないと軽く頭を下げた。

「これから調整や焼き入れをしますので、本格的に焼成できるまで、二、三日はかかります」

梶山はあからさまにがっかりした表情を見せた。

「そうかあ。いや、久しぶりにレープクーヘンが食べたくなったもんでね」

久美が嬉しそうに言う。

「梶山さんは最初、レープクーヘンは苦手な臭いがするって召し上がってくださいませんでしたけど、好きになっていただけて荘介さんも私も喜んでるんですよ」

「荘介くんのお菓子ならなんでも美味しいっていうことを納得した最初のお菓子がレープクーヘンだったからね。食わず嫌いってやつだったよ」

梶山は照れたように笑う。

「私はシナモンとか、そういうスパイスが昔から苦手だったからね。だけど、荘介くんが作ったのなら、どれも食べられるんだよねえ、不思議と」

そう言われて荘介も本当に嬉しそうだ。

「レープクーヘンは曾祖母のレシピで、先代が小さい頃から馴染んだ味なんです。本場ドイツの味、そのままなんですよ」

「そうかい。代々受け継がれる伝統なんだねえ。荘介くんのお父さんが店を継がないって聞いたときは、この店のお菓子がもう食べられないのかと悲しんだものだが。荘介くんが伝統の灯を消さないでくれて、本当に良かったよ」

「そう言っていただけると光栄です」

梶山はうん、うんと頷く。

「この灯がもっと長く続くように期待してるよ。ね、久美ちゃん」

「そうですね」

梶山の言葉が自分と『お気に召すまま』の関係性が変わるという予言だとは気づかず、気楽に答えた久美に、梶山は恵比須顔《えびすがお》を見せた。

オーブンの準備ができて焼き菓子を試作することになった日、久美は早朝に出勤した。普段とは違う仕事があるときの恒例で、ショーケースには和菓子と、ゼリーやプリン、揚げ菓子などが既に並んでいる。もうオーブンが稼働しているのかと慌てて厨房に入ると、荘介はまだ、店に並んでいるお菓子を作ったあとのかたづけをしているところだった。

「良かった間に合った」

ほっと息をついた久美の声に顔を上げた荘介が嬉しそうに言う。

「おはようございます、久美さん。きっと来るだろうと思っていましたよ」

「おはようございます。やっぱり、見抜かれてましたか」

かたづけの手を再開した荘介に、久美は興奮した様子を隠しきれずに、はしゃいだ声を出す。荘介は調理台を手早く拭きながら久美を見やる。

「久美さんが、こんなイベントを見逃すはずはないですからね」

「もちろんですよお。初めてのオーブンで焼く、初めての焼き菓子が焼きあがるところを見逃すわけにはいきません」

かたづけが終わったばかりの調理台に、これから作るお菓子の材料が並べられる。小麦粉、卵、ブラウンシュガー、バニラエッセンス、ベーキングパウダー。

それと、ナツメグ、シナモン、クローブなどのスパイス類が出てきたところで久美が尋ねた。

「レープクーヘンですか？」

「そうです。梶山さんもお待ちかねですからね」

その待ちかねている梶山が今にも来店するのではと思っているかのように、荘介は素早く調理に取りかかった。

レープクーヘンはドイツのスパイスクッキーだ。クリスマスには欠かせないお菓子で、花や星、雪の結晶などをかたどることもある。各家庭で作るので、レシピは少しずつ違うのだと、荘介は祖父から教わった。祖父は同じことを曾祖母から教わったのだろう。

先代のレシピでは、ラムレーズンとオレンジピールも入れるのだが、今日は焼き加減を見ることが第一なので、作る機会が少ない、生地の見極めがしやすいスパイスのみのものを作る。

ボウルに卵、ブラウンシュガー、バニラエッセンスを入れて、なめらかになるまで混ぜる。

そこに小麦粉、ベーキングパウダー、スパイス類、つまり残りの材料をざっと加えて、よく混ぜ合わせる。

「久美さん、このオーブンは以前のものより火力が強いんですよ」

呼ばれた久美は、とことことオーブンの前まで歩いていく。予熱で高温になっているオーブンの中は深いオレンジ色に輝いている。

「外側もぴかぴかですけど、内壁も鏡みたいに反射してますね」

「古いものは使い込んだ色合いになる。というか、いくら掃除しても金属は劣化するものだからね。色も変わるよ」

「ぴかぴかしている分、以前のものよりいいところがあったりして」

荘介は腕組みして考え、口を開く。

「以前のものは放射熱方式で、これは対流式だ。それを考えると、たしかに内壁が熱を反射しやすい方が対流も良くなるのかもしれない。いや、かえって表面がなめらかではなく熱伝導率が低い方がいいのか。しかし風の流れを止めないという点では……」

久美が半ば投げやりに声をかける。

「店長、なにを言っているのかわかりません」

新しいオーブンと、古いオーブンが出ていった裏口を交互に指さしながら、荘介はわかりやすいようにと説明する。

「問題は、オーブンの加熱方式が、以前のものと、このオーブンでは違うということなんだ。前のものはヒーターが熱を発して焼いていたんだけど、これは熱風で焼く」

「うーん。うん。わかろうとする気持ちはあるんですが、頭がついてきません」

機械のことになると逃げ腰になる久美に、荘介は簡単に説明するだけに留めることにした。

「必要な情報だけお伝えすると、対流式の方が早く焼けます」

「わあ、それはいいですね。追加でお菓子を出すときもお客様をお待たせする時間が短くなりますよね。まあ、店長がお店にいるならばという前提条件はありますが」

「あ、予熱が終わりそうだ。成形しなくては」

荘介は久美の視線から大きく目をそらし、調理台に向かった。

生地を平たく伸ばし、型で抜いていく。クリスマスに使う星型と雪の結晶の他に、バタークッキーなどに使う小型の動物やリボンの形の抜型も使う。

オーブンの天板にショートニングを塗り、型抜きした生地を並べる。

以前のオーブンと同じ温度で、焼き時間だけ短くして焼いていく。

扉のガラス越しに見ていると、だんだん火が通ってブラウンシュガーとスパイスで薄茶色だった生地が、もっと濃い茶色になっていく。

焼きあがりを知らせるブザーが鳴ると、久美が目を見開いた。

「え！　もう⁉」

「取扱説明書を参考に、いつもの半分ほどの時間にしてみました」

オーブンから天板を取りだし、焼きあがったレーブクーヘンを網の上に並べていく。

荘介は熱い状態の一つを取り、割った。いかにもしっとりやわらかな生地から湯気が立つ。

「うん。生焼けではないね。このまま冷ましておいて、もう一回、違う時間で焼いてみよう」

それから二度、生地を作り、焼き時間を長くしていった。三通りの焼き時間のレーブクーヘンが完全に冷めて、いよいよ試食できるものと思って意気込んだ久美に「もう少し待ってください」と言いおき、荘介は焼き時間が違うものから一つずつ星形のものを選びだし、計量した。焼成時間が違っても、焼きあがりはほぼ同じ重量であることを確認して、ナイフで均等に二つに分ける。

「久美さん、どの焼き時間を採用するか決めましょう」

「見た目はどれも美味しそうですね。色もほとんど変わらないし」

「もとの生地が濃い色だから、焼き色は見分けにくいね」

久美は三種類、それぞれを鼻に近づけて香りを嗅ぐ。

「鼻ではわからないですね、違いは」

「厨房内が軒並みスパイスの香りだし」

「たしかに」

二人は半分ずつを手にして、久美はさらに半分に、荘介はさらに四分の一に割って口に入れる。もぐもぐと嚙みしめた久美が小首をかしげた。

「一番焼き時間が短かったものは、今までのレープクーヘンとはかなり違いますね。香りが強く立って、舌にもしっかりスパイシーさが残ります。でも、これはこれで美味しいです。レープクーヘン特有の、さっくりとねっとりの間のようなモチモチ感がしっかりあります」

荘介も味わいながら、無言で頷く。久美は次に、焼き時間を少し延ばしたものを手に取った。

「うん？　これも今までとは違いますね。先ほどのものよりスパイシーさは減って、まろやかという感じに近づいてます。他のスパイスは弱まっても、シナモンは強く残ってますね。嚙み応えが、さっくりに近づいてます」

荘介はまた、無言で頷いた。久美は三つ目の、もっとも焼成時間が長かったものを口にする。

「あれ？　あれえ？」

久美が首を捻《ひね》っていると、荘介が静かに頷いた。久美は縋りつきかねない様子で荘介に詰めよる。

「三つとも、今までの味と違いすぎます。食感は一番焼き時間が少なかったものが近いですけど、香りが全然……。三つ目の焼き時間が長かったものに至っては、香りも少ないし、サクサクすぎてレープクーヘンとは信じられないです。少し焦げっぽい味もします」

「調整が必要です」

「焼き時間の調整ですか？」

「いえ、レシピの調整です」

それを聞いた久美があまりに驚いて、口を開けたまま喋れなくなってしまったのを見て、荘介はくすくすと笑いだした。

「レシピの調整といっても、材料を変えてしまうわけではないですよ。季節や天気によってスパイスや水分量を変えるでしょう。それと同じように、オーブンの性質に合わせて材料を増減するんです」

「そうしたら、また『お気に召すまま』の味になりますか？」

不安げに尋ねた久美に、荘介は自信満々で胸を張る。

「もちろんです」


だが、それから一週間経っても、レープクーヘンは思いどおりの味にならなかった。バタークッキーやフィナンシェなどの焼き菓子は、すぐにコツをつかんだのだが、ドイツ菓子だけがうまくいかない。

「店長。もしかして、緊張してます？」

オーブンが来てから八日目。厨房を覗いた久美は、腕組みしてオーブンをにらんでいる荘介に声をかけた。

「緊張……は、もう通り過ぎました。今はオーブンの手ごわさに困らされているところです」

「オーブンが手ごわいですか」

「はい。祖父の味にするには、対流式は向かなかったのかもしれません」

「そうか。ドイツ菓子以外は、店長が始めたレシピですもんね。先代のレシピとは意味合いが違うんでしょうか」

荘介は振り返って久美を見つめた。

「どうかしました？」

「意味合いが違う……」

久美に視線をやったままで考え込んだ荘介を、久美は見つめ返す。ふと、思いついた疑問を口にした。

「先代って、大正時代からお菓子を作ってたんですよね」

「そうだね」

久美もよく知っていることを、なぜ今尋ねたのかと荘介は首をかしげた。

「その時代も、ガスオーブンだったんですか？」

「いや、薪のオーブンだったと聞いたことがあるよ」

久美はゆっくりと頷いてから天井を向いた。

「先代は薪オーブンからガスに変えたとき、大変だったんでしょうね」

「そうだろうね。使い方も、熱の伝わり方も、なにもかも違うんだから」

天井に向けていた視線を荘介の方に戻し、久美はまた、ゆっくりと頷く。

「じゃあ、先代は、お母さんの味とは変えちゃったんでしょうか」

「いや、それはないだろう。曾祖母の味はドイツの思い出、そのものだろうから」

久美は「うーん」と言いつつ、こぶしを顎にあてた名探偵のようなポーズで考え考え話す。

「じゃあ、店長のひいおばあさんは、ドイツとは違う材料しかなくて湿気の多い日本に来て、作り方を変えたんでしょうか」

突然、荘介がくるりと久美に背を向けて、オーブンの予熱を始めた。

「また焼くんですか？」

「もちろん。曾祖母が異国で母国の味を再現したように、祖父が薪からガスに変わっても母親の味を引き継いだように。少しくらい機器が変わっただけで翻弄されていたら、祖父に叱られます」

クスリと久美が笑う。

「あれほど孫に甘かった先代が、店長を叱ったりしたことは、なかったんじゃないですか？」

「そんなことはないですよ。一度、ひどく叱られたことがあります」

久美は心底驚いて目を丸くする。

「本当ですか」

「ええ。まだ小学生の頃でした。店に遊びに来たときです。味見していいと言われたので、目の前にあった焼きあがったばかりのレープクーヘンを食べようとしたんです。そのときに、叱られました」

「え、味見していいって言われたのに？」

荘介は優しい目で調理台を見つめた。

「熱い状態のものは、冷めたものとは食感がまったく違う。僕が知って覚えていい味は、店に出る状態になったものだけだと」

「跡を継ぐから、間違った味を覚えてはいけないっていうことでしょうか」

「そうだね。そうなんだろうね」

言いながら、荘介はレープクーヘンを作りはじめる。

「久美さん。久美さんの舌を信じて言います。『お気に召すまま』のレープクーヘンの味を忘れないでください。これから何度も試食してもらうと思います。でも、あの味を忘れないで」

久美は力強く頷く。

「もちろんです。荘介さんの味を忘れることなんてありえないです」

「僕の味？」

「はい。荘介さんがずっと作り続けた味、私は子どもの頃から大好きですから」

荘介はレープクーヘンの生地を混ぜていた手を止めた。腕を組んで、またオーブンをにらむ。

「荘介さん？　どうかしました？」

呼んでも反応がない。集中していてなにも聞こえていないのだろう。そんな状態の荘介はめったに見られない。本当に大切なことを考えているのだろうと、久美は足音を立てないようにして店舗に戻った。


次に久美が試食を頼まれたときには、オーブンが来てから十日が経っていた。呼ばれて厨房に入ると、調理台にのっていたのは、たった五つのレープクーヘンだけだ。

「店長、今日は少しだけしか焼かなかったんですか？」

「はい。これで十分だと思いますから」

久美はこくりと頷くと、一つ手に取った。

「いただきます」

「はい、召し上がれ」

ぱくりとレープクーヘンを口に入れて、久美はぴたりと動きを止めた。

「違います」

荘介はひどく落胆した様子で、調理台の上のレープクーヘンをかたづけようとした。

久美は慌てて止める。

「そうじゃないんです！　この味でいいんです！　いえ、この味がいいんです」

黙ったまま不思議そうに見つめる荘介の視線を、久美は真っ直ぐ受け止めた。

「私、思いだしたんです、先代のレープクーヘンの味。それは『万国菓子舗』という世界中のお菓子を作るために新しい看板を掲げた、荘介さんの味とは違うんです」

荘介は黙って聞いている。

「どちらも『お気に召すまま』の味です。でも、先代には先代の、荘介さんには荘介さんの息遣いみたいなものがあるんです」

「息遣い、ですか」

久美は力強く頷く。

「はい。この新しいオーブンで焼いたレープクーヘンは、先代の味とは違うんです。前のオーブンで焼いた味とも違います。でも、たしかに『お気に召すまま』の味なんです」

荘介は緊張しているようで硬い表情で尋ねる。

「僕が今までの店の味を無視して作った味じゃないということ？」

「はい。どれも同じ味のレープクーヘンなんです。でもどれも違うんです。なんて言ったらいいのかな……」

一生懸命、荘介に伝えようと頭を捻る久美を、荘介はじっと見つめた。そこに正解に続く扉があるのだ。

「そう、脱皮です！」

理解の範疇《はんちゅう》を超えた答えだったということが、ぽかんとした荘介の表情に表れている。

「脱皮というのは、蛇やカニみたいな？」

やっと説明できる言葉がひらめいた久美は、勢い込んで話し続ける。

「そうです。脱皮する前と、脱皮したあと。どちらも同じ形だけど、ほんの少し大きさが変わるでしょう？　それと同じなんです。先代の味も、前のオーブンで作った荘介さんの味も、今の荘介さんの味も、どれも間違いなく『お気に召すまま』の味なんです。どの味も、しっかりカニなんです！」

緊張しているかのような真面目な表情で聞いていたのが嘘のように荘介の頬から力が抜けていき、口元が緩み、とうとうプッと噴きだした。

「もう！　すぐに笑うんだから」

「ごめん、ごめん。ごめんなさい」

しばらく、くすくすと笑い続けていたが、ふいに真顔に戻ると、荘介はレープクーヘンを一つ取り、口にした。

「これが脱皮した僕の味なんですね」

「はい。真新しくてぴかぴかで、すごく美味しい立派なカニです。それに」

荘介は優しい目を久美に向けた。

「それに？」

「一皮むけて、大きくなってます」

「……そうか。良かった」

調理台のレープクーヘンに目を移して、荘介はほっと息をついた。

＊＊＊

「いらっしゃいませ、梶山さん」

「こんにちは、久美ちゃん。今日は、荘介くんは？」

「いつもの放浪です」

怒る様子もなく、さらりと言う久美に、梶山もいつもどおりに「そうね」と博多弁で答えて、イートインスペースの椅子に落ち着いた。

「梶山さん。重大発表があります」

「重大発表？」

「はい」

「なんだね、それは」

久美はうきうきと指揮でもしているかのような軽快な手さばきで、コーヒーを淹れるためにカップを準備する。

「発表はコーヒーのあとで！」

テレビ番組がCM前に言うようなセリフを久美が口にする。梶山は優しく「そうね」と頷いて、いつもどおり窓の外を眺める。一月下旬の空は寒々しいかと思いきや、良く晴れた今日は清々しいほどに青い。窓の上部に嵌まった無花果模様のステンドグラスが落とす色とりどりの影が、店内を不思議な明るさに染める。

「お待たせしました。コーヒーをどうぞ」

「ああ、ありがとう。珍しいね、緑茶じゃないのは」

久美は「ふふふ」と笑うと、梶山がコーヒーを一口するのを待った。

「それでは、重大発表です！」

そう言って、元気良くショーケースの裏に駆け込む。梶山がなにごとかと見つめると、久美はトレイに小皿をのせて戻ってきた。

「レープクーヘンのご試食を、どうぞ！」

そう言って小皿を梶山の前に置く。

「おお、オーブンの調整が終わったのかね」

「はい。荘介さんの納得のいく焼き上がりになりました。ぜひ、召し上がってみてください」

梶山は相好を崩してレープクーヘンを取りあげ、口に入れた。すぐに目を見開き、そして閉じる。ゆっくり味わってから目を開けた梶山は満面の笑みを浮かべていた。

「これは美味しいねえ。以前のレープクーヘンは、もちろん美味しかったんだけど、このレープクーヘンは、それより美味しくなってるねえ」

ほぼ毎日店に通い、試食の回数も久美の次に多いであろう梶山の好印象な意見を聞いて、久美は鼻の穴を広げて、ふん、と大きく息をはいた。

「なんだね、気合が入ってるじゃないか」

梶山が楽しそうに尋ねる。久美は慌てて手で鼻を隠す。

「すみません、つい」

「ははは、自信の表れかな。勢いが良くていいねえ」

久美が照れ笑いを浮かべたところに、カランカランとドアベルが鳴った。

振り返ると、常連のビジネスマンが店に入ってきた。

「いらっしゃいませ」

ビジネスマンは久美に会釈してから迷わず焼き菓子の棚に行き、いつも選ぶお馴染みのドイツ焼き菓子セットを手に取った。

久美はとことこと、ビジネスマンの側に行ってにっこりと笑いかけた。

「本日も、お取り引き先様へのお土産ですか？」

「ええ、そうです。こちらのお菓子は、どこに持っていっても喜ばれますからね」

客から焼き菓子の詰まった箱を受け取りつつ、久美は言う。

「いつもありがとうございます。今日の焼き菓子セットはリニューアルしたばかりなんですよ」

ビジネスマンは興味を持ったらしい。久美に向ける視線がビジネス用のかっちりしたものに変わった。

「リニューアルですか」

「はい。今日の分から、ほんの少しですが、今までより美味しくなりました」

久美の元気さにつられたように、ビジネスマンの表情も明るくなる。

「今日から美味しくなったというのは縁起がいいな。じつは、新規開拓の客先に向かうところなんですよ。リニューアルというのは、すごくいい情報です」

そう言うと、一回り大きな箱を取って久美に渡す。

「大きな契約になるように、いつもより大きいものにします」

「ありがとうございます！」

受け取った箱に熨斗をつけて包装し、リボンを巻く。今まで挑戦しなかった花型の結び方にした。練習は積んでいたが、初めて商品に使ってみたのだ。少し緊張したが、練習のときとは比べ物にならないくらい、美しいリボンの花が咲いた。

紙袋の中を覗いたビジネスマンは、どこか優しい面持ちになっている。

「いつもより豪華なリボンの結び方だ。なんだか得した気持ちになるね」

久美は縁起いいまま客を店から送りだすために、元気にドアを開ける。

「ありがとうございました。またお越しください」

駅の方に向かっていくビジネスマンを今までより丁寧に深いお辞儀で見送って、久美は店内に戻る。カランカランと鳴るドアベルが、小さな小さな成長を祝ってくれているように感じる。

「私も、脱皮しました！」

そう言うと、梶山は不思議そうな顔をしたが、すぐに笑みを浮かべた。

「それはおめでとう。新しい久美ちゃんだね」

久美は「はい」と頷く。明日も成長するために、自分の人生のさらなる調整を進めようと気合を入れて、エプロンの紐をぎゅっと締め直した。

チョコレートテリーヌ・スマイリング

二人とも、よっぽどお喋り好きなんだな。二人の客の側でにこやかな笑みを浮かべながらも、久美は内心、困っていた。

「バレンタインデーなんて誰が考えたんでしょうね。まったく時間の無駄だったらないですよね」

二十代前半に見える髪の長い女性は『旭商会《あさひしょうかい》』という会社の社員だ。今どきの流行のものらしい、スタイリッシュなコートを着ている。

「そう？　私はワクワクしますよ」

四十代だろうか、それとも若く見える五十代だろうか。地味なスーツの女性は『株式《かぶしき》会社川島《がいしゃかわしま》』の社員だ。

二人とも、社名の領収書が必要だと、お菓子を注文するより先に言った。バレンタインデー当日に駆け込みで慌ただしくチョコレートを準備していることから見ても、忘れっぽい性格なのかもしれないと久美は思う。

「この時期って、百貨店の催事場もチョコレート争奪戦を繰り広げる醜《みにく》い人間の根底が見え隠れするじゃないですか」

旭商会が言うと、株式会社川島がほがらかに笑う。

「チョコレートのことから人間の深いところまで見抜くなんて。あなた、若いのに慧眼ですね」

褒めてもらったというのに、旭商会は苦虫を噛み潰したような顔をした。

「人間の根底なんて、わかりたいと思ったことはないですけど」

株式会社川島は、ゆったりした所作で旭商会の社員のイライラを受け止める。きっと彼女がなにを言っても怒ることなどないだろうと思える、母性あふれる大人の女性だ。

株式会社川島には、既にお菓子が入った紙袋を渡していた。ドアまで送ろうと思ったところに、旭商会が来店したのだ。

それから、今日初めて出会ったはずの川島と旭の両者は、延々とお喋りを続けている。

出会いの瞬間はこうだ。


「バレンタイン限定商品って、まだありますか」

来店してすぐ、いかにも憂鬱そうに言った旭に、道を譲ろうと一歩下がっていた川島が話しかけた。

「あなたも買いにきたんですね。すっごく美味しそうですよ！」

店を出ようとしていた客に話しかけられ、旭はちょっと驚いたようだが、「そうですか」とそっけなく言ってショーケースに向かう。

「あ、領収書がいるんで。旭商会でお願いしときますね」

ドアの近くにいた川島は、さっと身を翻して、にこやかに旭の隣に立った。

「トリュフもチョコバーもたくさんあって、どれも美味しそうで選びきれなかったんだけどね。限定品のチョコレートテリーヌが出来上がったばかりで運ばれてきてね。もう、一目ぼれしちゃったんです。あなたはチョコレートテリーヌのことをどこで知ったの？」

旭は話しかけられたことが嫌なのだろうかと思える暗い表情で、「会社で」と短く答えた。

「本当？　耳が早い人がいるのね」

「なんか、しょっちゅう期間限定のお菓子とか買ってきて配るおじさんがいるんですよ。その人が、バレンタインは絶対この店の限定品がいいって言いだして。本当に面倒くさいったら」

川島が、楽しそうな笑みを浮かべる。

「買い物当番を押し付けられたのね？」

旭は深いため息をついた。

「じゃんけんで負けたんですよ。会社からここまで十五分もかかるんですよ。往復三十分。それを、今日中に準備しないといけなかったんだからって昼休みに買いにいけなんて、ひどいと思いません？」

久美はちらりと壁の時計を見上げた。現在、時刻は十二時二十分。急いだ方が良さそうだ。

そう思ったのだが、旭と川島のお喋りは止まることなく、今に至る。

「もうバレンタインに社内の男どもに義理チョコを配るなんて風習は、廃《すた》れて欲しいんですよ。時代錯誤すぎると思いません？　お金の無駄じゃないですか」

旭が言うと、川島が屈託なく笑う。

「無駄じゃないですよ。あげた分、お返しをもらえるじゃない」

苦虫を嚙み潰したというのはまさにこんな顔だろう。旭は思いっきり顔をしかめた。

「好きでもないお菓子だとか、趣味に合わないハンカチだとかもらってもね。同じ金額なら、少しでも自分が好きなものにかけたいですよ」

川島は、ふふふと楽しそうに笑う。

「お金をかけられる趣味かなにかがあるの？」

「そういうわけじゃないですけど」

口ごもった旭が目をそらしてショーケースを見つめる。川島は心配そうに旭の顔を覗き込んだ。

「ごめんなさい、プライベートなことを初対面で聞いちゃって」

「いえ、気にしないでください。無趣味なのが恥ずかしかっただけですから」

「そう……」

川島が黙り、店内が静かになった。今だ、と久美は旭の注文を聞くために口を開こうとした。が、旭は川島との会話を切り上げる気はないようだ。

「あの。本当は、あるんです。趣味」

驚いた風な川島がおずおずと尋ねる。

「教えてくれるの？」

一気に赤面した旭は顔の前で手をぶんぶん振った。

「や、そんな大したアレでもないんですけど。最近、バイオリンを習いはじめたんですよ」

川島は小さく拍手する。

「まあ、すごい！　音楽に興味があるってすてきだわね。ああ、それで支出を控えたいのかな。バイオリンって高価なんでしょう？」

旭は、首をぶんぶんと横に振って、慌てて否定する。

「そうじゃなくて、エレキバイオリンっていうのがあって。木製じゃなくて、バイオリンの胴体がなくて、音は電子音で出すっていう。ん？　電子音は変か。アンプってやつをつなげたり、まあ、そんな感じで。それなら私でも手が届く値段で。けど、レッスン料とか、やっぱり、かかるじゃないですか」

「そうねえ。習い事はねえ」

二人がお金の苦労について思いを馳せているようだと見た久美は、旭に注文を聞こうと再び口を開きかけたのだが、それより早く川島がお喋りを再開した。

「大切なことのために使うお金って、全然惜しくないのよね」

旭の表情が、ぱっと明るくなる。

「そうなんですよね！　だからこんなバレンタインなんて……」

突然、沈黙した旭の口がぽかんと開いていた。その視線の先には厨房から出てきた荘介がいる。

「いらっしゃいませ。もう、ご注文はうかがいましたでしょうか」

旭は言葉もない様子で、荘介の美貌に釘付けになっている。川島が、代わりに答えた。

「私はもう商品をいただきました。こちらの方は噂の限定商品を買いにいらしたんですって」

「そうですか。今年のバレンタイン限定商品はチョコレートテリーヌですが」

言いながら荘介が旭に近づくと、旭の頬が少しずつ赤くなる。

「こちらでよろしいですか？」

荘介は旭の隣に立ち、ショーケースに並んでいる、長さ二十センチほどの金の延べ棒のような形をしたチョコレートケーキを指さした。旭は勢い良く、ぶんぶんと何度も大きく首を縦に振る。

「かしこまりました。お一つでよろしいですか？」

旭はさらに深く何度も頷く。

「すぐにご準備いたします」

荘介の言葉より先に、久美は商品の梱包に取りかかっていた。ショーケースからチョコレートテリーヌを取りだして箱に詰め、紺色の包装紙に真っ赤なリボンをかける。店の名前が入った白い紙袋に入れて荘介に手渡すまで、二分とかからなかった。

「お待たせいたしました。やわらかく、崩れやすい商品です。お気をつけてお持ちください」

旭はまた勢い良く頷くと、川島のことも目に入らない様子でそのまま店を出ようとした。久美が慌てて呼び止める。

「お客様、お会計をお願いいたします」

はっとしたようで足を止めた旭は恥ずかしさからか俯き加減に、ショーケースの前に戻り財布を取りだした。数枚のお札を受け取った久美は、お釣りとともに領収書を差しだした。旭がハッとして叫ぶ。

「あ！　今何時？」

荘介が壁の時計を見上げて答える。

「十二時四十七分です」

「わー、遅刻する！」

そう言い残して、旭は猛烈な勢いで店から駆けだしていった。あとに残された川島はガランガランと激しいドアベルの音とともに閉まったドアを見つめていたが、しばらくすると、ほうっと優しいため息をついた。

「若いっていいわあ、元気元気。あんな感じで苦手なバレンタインものりきってくれるといいけど。ねえ？」

問われた久美は明るく答える。

「大丈夫です。当店のお菓子は、きっと皆さまを笑顔にできると思いますから」

「それは心強いわ。うちの主人は気難しいから、バレンタインデーなんてって嫌がるのよ。さっきの子みたいにね。顔のしかめ方がそっくりだったわ」

機嫌良く言いながら川島はドアに向かう。荘介が先に立ち、ドアを開けた。荘介の脇を通り過ぎると、川島は振り返って小さく頭を下げた。

「長居しちゃって、ごめんなさい。次はサッと来て、パッと買って、スッと帰るから、許してね」

見送りに出てきた久美が明るく言う。

「いえ、今度はぜひ、ごゆっくりなさってください。イートインもできますのでお気軽に」

「あらあら、そうなの、いいわね。じゃあ、次は主人を引きずってきます。そのときは、よろしく」

愛想良く笑って帰っていく川島の後ろ姿を見送って、久美はやっと肩の力を抜いた。と思ったら、背中を丸めてどんよりとした雰囲気を醸《かも》しだした。

それを見た荘介が「お疲れさま」と肩を叩く。久美は疲れた声で「どうもです」と答えた。

「ずいぶんと話が弾んでいたみたいだね」

待ち続けた時間分の疲れを払拭できていない久美は、俯き加減に頷いた。

「そうなんですよ。それでご注文を聞くタイミングを逃しちゃって」

面白いものを見つけたといった顔で荘介が言う。

「初対面なのに、あれだけ話し続けられるというのは、よっぽどウマが合ったということかな」

「うーん、どうでしょう。お二人は正反対な感じがしましたけど。イベント好きな方と、イベント嫌いな方」

荘介がくすっと笑う。

「かえって、そういう人たちの方が仲良くなりやすいのかもしれない」

「そういうこともありそうな気がしてきました」

店内に戻りながら、久美が真面目な声で荘介を呼び止めた。

「ちょっとお時間いいですか、店長」

「なんですか、久美さん。改まって」

久美が店内に入ってドアを閉めるまで、荘介はじっと待つ。

「チョコレートテリーヌなんですが、超人気です」

久美の表情があまりにも真剣なために、どんな言葉が飛びだすのかとかまえていた荘介の肩から力が抜けた。

「それは良かった」

めでたい話にしては硬い表情の久美を、荘介は不思議そうに見やる。久美は、一大決心をしたかのような重々しい声で提案する。

「定番商品にしませんか」

荘介はショーケースの前で足を止めて、陳列されたチョコレートテリーヌをじっと見つめた。腕組みしてしばらく無言で考えてから答えを出した。

「いや、やめておきましょう」

提案を却下されたが、とくにがっかりするでもなく、久美が尋ねる。

「なにか理由があるんですか？」

荘介は人差し指を立てて一つと示す。

「まず、溶けやすいということ。冬でないと、持ち運びにすごく気を遣わなければいけません」

「そうですね。次はなんですか？」

淡々と聞く久美を、大切なことを話すときの表情で荘介はじっと見つめる。久美も真剣な表情で、じっと待つ。荘介は二本目の指を立てた。

「特別感がなくなります」

久美はぽんと手を打つ。

「ああ、それはありますよね。限定！って言われたら飛びつきますもん。でも今日の売れ行きは、それだけじゃない気がします。毎日とはいかなくても、週に一度……。うん、月に一度は食べたくなる味だと思います」

「それは、どうだろう」

荘介はショーケースの中のチョコレートテリーヌと定番商品をそれぞれ指さしながら言う。

「チョコレートテリーヌは試食してもらったとおり、かなりこってりしてるよね。だけど、うちの定番のものはあっさりしていて、お腹に溜まって食事を邪魔するようなことをしない。ちょっと食べるのにちょうどいいんだ」

「たしかに。チョコレートテリーヌは舌触りがなめらかで苦みと甘みのバランスが良くて、いくらでも入ると思うくらい美味しいです。でも、お腹は一切れで十分に満足しちゃいました」

久美の相槌が入ると話しやすくなるようで、荘介の言葉が、よりスムーズに出てくる。

「定番というのは、最初から決めて定番になるものばかりじゃない。店に出すうちにお客様が何度もリピートしてくださることを見極めて、常時置くようになるものも多いよね。うにあられとか、おからクッキーとか、毎日でも食べたくなるような、ちょっとしたものが圧倒的に多い」

荘介の目を見て、久美はしっかりと頷く。

「わかりました。チョコレートテリーヌは毎日続けて食べたいかと言われると、ちょっと重いです」

「それに、さっきも言ったけど、限定商品という特別感もお客様に楽しんでいただける要素だと思うよ」

うん、うん、うんと頷いて、久美はにっこりと笑った。

「承知しました。特別感を大切にすべく今日は特別なラッピングにしてみます」

「はい。よろしくお願いします」

企画会議が無事終わり、軽快に厨房に向かう荘介の背中に、久美はもう一度呼びかけた。

「店長、まだ追加は出ますか？」

「うん。材料はたっぷりあるからね。夕方には通勤や通学の途中に寄ってくださるお客様がいるだろうから、切らさないようにしましょう。それと、久美さん用も作っておきたいしね」

久美は上司に対する折り目正しさをもって質問する。

「私ですか？　もう試食はたっぷりいただきましたけれども」

「バレンタインのプレゼントですよ」

記憶を探っているのか、頬を指でつきながら視線を宙に置いて久美が言う。

「毎年思うんですけど。バレンタインデーに荘介さんからお菓子をいただくのって、不思議というか。立場が逆だなって。女性からチョコレートを贈るのが一般的だと思うんですけども」

荘介は心底から楽しそうな笑顔を見せる。

「いいじゃないですか、贈りたい人が贈れば。それに、僕も毎年、久美さんからプレゼントをいただいていますし」

久美がクスっと笑う。

「これじゃ、プレゼント交換ですよね」

「クリスマス会の続きのようだね」

ひとしきり笑いあって二人は仕事に戻った。


チョコレートテリーヌの材料は、クーベルチュールチョコレート、無塩バター、卵、砂糖、ココアパウダーと少量の小麦粉だ。

チョコレートとバターをボウルに入れ、湯煎にかけて溶かす。

別のボウルで卵と砂糖を擂り混ぜる。

湯煎しているチョコレートのボウルに、卵液を少しずつ入れ、卵が固まらないよう、泡立たないように練っていく。

馴染んできたら小麦粉を加えて、軽く混ぜる。

しっかりと全体が一つにまとまって表面にツヤが出てきたら、長さ二十センチ、幅八センチ、高さ七センチのテリーヌ型に流し入れる。

バットにお湯を張り、テリーヌ型をのせてオーブンで焼いていく。

パウンドケーキ型で作られることもあるチョコレートテリーヌだが、荘介は琺瑯《ほうろう》のがっしりとしたテリーヌ型を選んで仕入れた。形にはそれほどの違いはないが、厚みが違う。

琺瑯のテリーヌ型に比べると、パウンドケーキの型はずいぶんと薄い。熱が伝わりやすい分、短時間で焼きあげるチョコレートテリーヌだと焼きムラができやすい。それを解消するためには琺瑯の重たいものがいいのだ。

と言って経理担当の久美を説得したが、琺瑯より安価なパウンドケーキ型でも、周りにタオルなどを巻けば、きれいに焼けるのだということは伝えていない。

「店長、チョコレートテリーヌのお取り置きの電話が三件入りました」

厨房に顔を出した久美は、それはそれは嬉しそうに報告する。

「わかりました。どんどん作りましょう」

「そして、どんどん売りましょう！」

久美はガッツポーズでやる気を表現する。

チョコレートテリーヌをオーブンで焼いている間に、追加分の材料を計量していく。

荘介は休むことなく着々とチョコレートテリーヌを増産する。そんな風に止まらない作業工程を、久美はワクワクしながら目を輝かせて見つめる。

「久美さんは本当に仕事が好きですよね」

荘介が楽しそうに言うと、久美は「店長もですよね」と笑顔で言い残して店舗に戻った。

琺瑯のテリーヌ型をオーブンから取りだしたら、粗熱を取り冷蔵庫で冷やす。しっかり冷えてから型から外す。型の外側を火であぶり、表面を溶かして取りだす。上面にココアパウダーを振りかければ完成だ。

テリーヌ型は、久美に止められて数多くは揃えられなかったため、焼いては冷ますという工程をのんびりと繰り返すことになる。その間にも予約の電話が何件も入り、荘介は珍しく厨房に張り付き続けて、日課の放浪に出ることもままならなかった。

最後の客が帰っていったのは午後七時になろうかという、閉店時刻間際。チョコレートテリーヌはきれいに売り切れた。

「店長、お疲れさまでした。大回転の一日でしたね」

「久美さんも疲れたでしょう。かたづけして、早く帰りましょ……」

カランカランというドアベルの音に、二人はドアの方に顔を向けた。そっと店内を覗き込んでいるのは、昼休みにチョコレートテリーヌを買いに来た旭商会の女性だった。

「あのう、限定商品ってまだありますか?」

そっと尋ねながら、おそるおそるといった様子で慎重に歩みを進める。なにをそんなに縮こまっているのだろうと久美がいぶかしく思っていると、荘介が応対のために前に出た。

「会社の方へのプレゼントだったのですよね。お買い上げいただいたものでは足りなかったのでしょうか」

旭はなぜか申し訳なさそうに言う。

「いえ、みんなに切り分けても十分に足りました。今度は自分用に欲しいんです。男性社員が食べてるのを見てたら、美味しそうで……。バレンタインに自分チョコなんて恥ずかしいんだけど」

荘介は笑みを浮かべているが、きっぱりと言った。

「申し訳ありません。本日、チョコレートテリーヌは完売いたしました」

「えー！　一つもないんですか？」

旭の嘆きに、荘介の視線が泳ぐ。厨房に久美へのプレゼント用のものが一つだけ置いてあるのだ。そのことを知っている久美は、荘介をその場に残し、さっと動いて厨房に向かった。

厨房には大小の箱があった。豪華なラッピングが施された大きめの長方形の包みがチョコレートテリーヌだろう。その隣に添えてある小さな正方形の箱を置き去りにして細長い箱だけを店舗に運ぶ。

その箱を少しだけ掲げて荘介に視線を送ると、小さな頷きが返ってきた。この包みで間違いないと確認した久美は、旭に箱を差しだして見せた。

「こちら本日限定商品、チョコレートテリーヌです」

「わあ、良かった、間に合った！　売り切れ寸前だったんですか」

旭の表情が明るくなる。昼間の不機嫌そうな様子が嘘のようで、久美はなにやら達成感を抱いた。

「最後の一つですよ」

旭は心底嬉しそうで、自分の幸運を祝っているのか、小さな拍手をしている。

久美が包みを紙袋に入れようとしていると、旭がショーケースに身をのりだすようにして久美の手許に目を注ぐ。

「なんか、昼間のよりラッピングが豪華じゃないですか？」

ほんのわずかに沈んだ表情だった荘介が、気を取り直したのか笑顔で答える。

「ラストワン賞ですよ。最後の一つだけの特別仕様です」

包みが入った紙袋を久美が差しだすと、旭は、はにかんだ様子で手を伸ばして受け取った。

「自分用に買ったのに、誰かからプレゼントしてもらったみたい。すごくドキドキしてるんだけど、なんでだろ」

久美がにこりと笑う。

「きっと会社の皆さんも、リボンを見たり、チョコレートテリーヌの箱を開けたりしたとき、嬉しくてドキドキしたと思いますよ」

旭は昼間の仏頂面を完全に忘れてしまったようで、晴れ晴れと明るい表情で紙袋の取っ手を大切そうに両手で提げた。荘介は満足げに言う。

「お気に召していただけて良かったです」

旭は荘介の麗しい笑顔を真っ直ぐ見られないらしく、久美に視線を送る。

「あの、あのですね。私、イベントとか、挨拶とか、懇親会とか、なんだろ。人情みたいなものが本当に苦手で、無駄だと思ってたんですよ。けど……」

しばらく黙って考え込んでいる旭の次の言葉を、久美は優しい微笑みを浮かべて静かに待つ。

「きれいにリボンを結んでくれてありがとう。こんな嬉しい気持ちになれるなら、誰かを喜ばせることができるなら、イベントも嫌いじゃないかも」

荘介が目を合わせないようにと気を遣って、旭の斜め前辺りを見ながら笑みを浮かべる。

「人情はリボンのように、なにかを結びつけるのかもしれません。結ぶときは少し面倒かもしれませんが。よろしければ、毎日ご自分のためにリボンを用意して、どなたかとの縁を結んでみてください」

旭は力強く荘介を見上げた。荘介はその視線を真っ直ぐに受け止めてこっくりと頷く。

旭は紙袋をちょっと持ち上げた。

「こんなきれいなラッピングは、まだ無理だと思うけど。ちょうちょ結びなら、私にもできるかもしれません」

荘介と久美は笑顔で並んで、店の外まで旭を見送った。

その背中が見えなくなると、今までほがらかだったのが嘘のように、荘介はがっくりと肩を落とした。

「久美さんの分のチョコレートテリーヌがなくなってしまいました」

荘介の落ち込み具合がおかしくて、久美は声をあげて笑いだす。

「店長、本当にいいんですってば。試食でたくさんいただきましたし」

荘介は大きなため息をついてドア横に置いている看板を持ち上げた。久美がドアを開けて二人で店内に戻る。鍵をかけ、帰り支度をしようとしている荘介の寂寥《せきりょう》感あふれる背中に、久美が笑いながら声をかけた。

「そんなに落ち込まないでください。今日は私があげる日で……。あ、そうだ」

久美は小走りで厨房に入ると、小箱を取ってきた。

「これ、もしかして私へのプレゼントでしょうか」

しょんぼりしたまま、荘介が頷いた。久美は荘介の落ち込み具合がおかしくてまた笑いそうになっているのだが、なんとか押しとどめる。

「開けてもいいですか？」

荘介は気を取り直したようで、背筋を伸ばした。

「貸してください」

久美から小箱を受け取ると、包装紙を取って箱を開けた。中にはビロード張りの箱が入っている。丁寧な手つきで荘介が開けた小箱を、久美が覗き込む。

「指輪？」

頷いて久美の手を取り左手の薬指に指輪をはめた。クリスマスプレゼントの指輪にも今夜の指輪にも、久美の誕生石である真珠がついている。

しかし新しい指輪の方は、普段は身につけられないほど豪華な造りだ。大ぶりの真珠の両脇に小さなダイヤがあしらわれた上品なデザインで、ドレス姿にも映えるだろうという威厳も感じられる。

「久美さんの速度だと、今頃がちょうどいいタイミングかなと思ったんだけど」

荘介が言わんとしていることは久美にもわかり、小さく頷いた。クリスマスから荘介を待たせていた返事をすべき日が、今日だった。

「私の速度が遅すぎて、ご迷惑をおかけしました」

「とんでもない。久美さんを待つためなら、時間なんて惜しくないですよ」

荘介は笑顔になって、しっかりと久美の手を握る。『お気に召すまま』の窓から差し込む街灯りを受けて、久美の瞳がきらめいた。荘介はそのきらめきを消さぬように優しく見つめてそっと囁《ささや》く。

「一生を、僕とともに歩んでください」

久美も荘介の手をぎゅっと握り返す。瞳に宿ったきらめきが、さらに輝くかのようだ。

「はい。荘介さんと一緒に生きていきたいです」

見つめ合う瞳の中に、見慣れぬ自分が見える。久美は荘介の中で、荘介は久美の中で、今までとは違う存在になる。甘くてふわふわしていたものが、しっかりとした形を持つ。

なにかが終わり、特別でとても大切なことが始まった。胸の奥がくすぐったいような
この特別な夜は、これからの日常になるのだと久美ははっきりと感じた。

荘介は目をつぶり深呼吸をした。いつもあふれている自信がどこかに行ってしまって緊張していたのだとわかる。

「良かった、受け取ってもらえて。指輪をつき返されたら、立ち直れなかっただろうと思うよ」

はにかんだような笑顔は二人が出会った頃の少年を思いださせる。幼い頃からずっと久美を見つめていてくれた優しい笑顔がいつしか大人になり、久美を大人と認めて、パートナーとして女性として頼りにしてくれて、今、一生を自分に捧げてくれた。

久美はその笑顔を胸に刻む。これからどんなに辛いことがあっても、こんなに思いを募らせていてくれた荘介の姿を思いだせば、なんだってのり越えていける。久美の小さな歩幅に、荘介が合わせてくれて、いつまでも一緒に歩いていける。

荘介は目を開けて、いつもの笑みを浮かべて久美に言う。

「久美さん、店じまいしましょうか」

「はい、店長」

あくまでも店では公私の区別をつけると決めている久美を、荘介は面白そうに眺めてかたづけのために厨房に向かう。久美は慌ててショーケースの裏に置いているカバンから、リボンがかかった包みを取りだして、荘介のコックコートの袖をつまんで引っ張る。

「荘介さん。例年どおり、私からもバレンタインのプレゼントです」

「ありがとうございます」

名前で呼んでもらって心底嬉しそうにしながら、荘介は包みを受け取りすぐに包装を解きはじめた。しっかりした造りの黒い箱から出てきたのは、金の鎖が付いた懐中時計だ。

「これはまた、クラシカルなデザインですね」

「荘介さんは仕事中、腕時計ができないでしょう。それが原因だと思うんです」

荘介はきょとんとして尋ねる。

「原因って？」

「放浪に出て、昼休みの時間を忘れてしまう原因です。これでもう私は、お腹ペコペコでぐーぐー鳴らしながら荘介さんの帰りを待たなくても良くなりましたよね？」

聞こえていないふりをしようというのか、荘介はそっと視線をそらした。

「なりましたよね？」

笑顔にすごみを滲《にじ》ませて、久美が荘介に詰めよる。荘介はなんとか言い逃れできないかと思っているようで、視線をさまよわせた。

「荘介さん、私と一緒にいたいって言ったのは、嘘ですか？　私と会いたくなくて、毎日どこかを放浪してます？」

「まさか」

慌てて久美に視線を戻した荘介は、急いでコックコートの胸ポケットに懐中時計を入れて鎖を胸のボタンホールにかけた。

「もう遅刻しません」

神妙な顔をした荘介を見て、久美は満足そうに頷く。

「そうしてください」

「……できるだけ」

小声で呟いたセリフに、久美の怒りのボルテージが上がっていく。荘介は少しずつ少しずつ、あとずさる。視線をきょろきょろ動かして、逃げる気満々の荘介に、久美の怒りが頂点に達した。

「もう、荘介さん！　いい加減にしてください！」

久美の大声におそれをなして、荘介は厨房に駆け込んだ。

決戦はたこ焼きパーティー

ガチガチに緊張した久美が右手右足、左手左足を一緒に出して歩く姿を、荘介は笑いを噛み殺しながら横目で見続けていた。

「久美さん、そんなに緊張しなくても」

「き、緊張なんてしておりましぇん」

舌も回らず変な発音になった久美の言葉に、我慢できなくなった荘介が思いきり噴きだす。いつもなら笑われると烈火のごとく怒る久美だが、今日はそれどころではない。普段履きなれないヒールの高い靴も着なれないワンピースも緊張の原因で、歩きにくさの一因にもなっている。

「荘介さん、わたくし、本当にお邪魔いたしましてもよろしいのでしょうか」

「もちろん。父も母も楽しみに待ってるよ。それより久美さん。なんでそんなに丁寧な口調で喋ってるのかな」

「敬語の練習でございます。これから荘介さんのご両親にお会いするのに、粗相があってはなりませぬ故」

荘介が口を覆って肩を揺らす。

「いかがなされましたか、荘介さん」

こらえていたのが限界に達し、ぶふっと変な音を立てて、荘介がまた笑いだす。

「久美さん、それじゃ時代劇ですよ」

腹を抱えた荘介を、久美は恨みがましい目で見据えた。

「えい、憎らしい。この恨み晴らさでおくべきか」

「四谷《よつや》怪談《かいだん》ですか。久美さんは古いことをよく知っていますよね」

「怪談に古いも新しいもありませぬ」

止まらない笑いを無理やり押し込めようと力を入れるあまり、荘介の眉根は寄り、しかめ面のようになる。

「久美さん、もういいですから、いつもどおりに喋りましょう。不自然です」

立ち止まり、ため息を一つついた久美は肩を落として地面を見つめた。

「やっぱり、私じゃだめかもしれません」

「だめって、なにが？」

「村崎家の上品さにふさわしくないかもしれません」

荘介は、視線をつかまえようとするかのように久美の顔を覗き込む。

「うちはとくに上品でもなんでもないけど」

久美は遠慮がちな上目遣いで荘介を見上げる。

「荘介さんはいつもきれいに喋るし、ほとんど丁寧語だし、姿勢がいいし、所作が優雅だし……」

荘介が照れ笑いを浮かべる。

「なんだかすごく褒めてくれるけど。話し方は祖父に似てるだけで両親は普通に博多弁も喋るよ。剣道をする父に躾《しつ》けられたから姿勢は伸びてるかな。所作は茶道経験のおかげで身に着いたものだと思う。うちではとくに変わった指導はされてないから。気負わなくても大丈夫だよ」

「でも、荘介さんのご両親なら美男美女だろうし……。ううう。緊張する」

「いや、普通だって。ほら、久美さんが楽しみにしてるって言っていた警察手帳。父に話したら、興味を持ってくれたことが嬉しいみたいだったよ」

久美がそっと顔を上げる。

「本当ですか？」

「本当ですよ。警察官なんていう職業だと、面と向かったときに、無駄に緊張する人も多いらしいから」

「そうか。自分に会いにきた人が緊張してたら、なんとなく居心地悪くなるかもしれませんね」

久美は両手を胸の前でぎゅっと握り、言い聞かせるように言う。

「よし、リラックス、リラックス」

「意気込みは嬉しいですが、力を入れすぎるとリラックスには遠いような気もしますね」

「いえ、なにごとも気合があればのりきれますので」

肩の力を抜けと言いたいのか、荘介は久美の肩をぽんぽんと軽く叩いた。


「ただいま」

村崎家は、歴史は古そうだがこぢんまりとした二階建ての和風の家屋で、久美が想像していたような洋館ではなかった。そこにはひとまずほっとしたが、なぜか荘介は自分で鍵を開けず、門の前でインターフォンのボタンを押した。

通話可能になったことを知らせる緑色のランプがついても、インターフォンからはなんの音も聞こえない。無音の状態のインターフォンに向かって荘介は「ただいま」と言ったのだ。いったい、その向こうには誰がいたのか。久美はまた緊張が募るのを感じた。

無音のまま、ランプは通話が切れたことを知らせる赤に戻る。

「……行こうか」

無言の応対になにかを察したらしく、荘介が門を静かに開いた。荘介が緊張したことがつないだ手を通して久美に伝わる。それが久美の緊張をいや増した。

「久美さん、一つ注意してください」

荘介が背をかがめて久美の耳元で囁く。

「くれぐれも、大きな声は出さないで」

久美は大きな声など出せそうにもないと思いながら、ただ静かに頷いた。

荘介に背中を押されて久美はよろよろと前に進む。緊張のあまり、玄関へ向かう階段を踏み外しそうになり、荘介の腕にしがみついた。

「大丈夫ですか」

荘介の手を借りて立ち直ったが、玄関のドアを見つめる目は大きく見開かれている。

「私、倒れそうです」

「安心してください。久美さんが倒れたら僕が運びますから。お姫様抱っこで」

久美はそんな運ばれ方はごめんだとばかりに、しゃきっと背筋を伸ばした。

キイ、と小さな軋《きし》みをたててドアがゆっくり開く。ホラー映画のワンシーンのように、ゆっくりゆっくりと。わずかに開いたドアの陰から男性が顔の半分だけを覗かせた。

「やあ、いらっしゃい」

男性は掠《かす》れた声で久美に言う。まるで亡霊にでも出会ったかのように、久美の顔から血の気が引いていく。

「は、初めまして……」

それだけ言って固まってしまった久美に代わって荘介が紹介する。

「斉藤久美さんだよ、父さん」

「お待ちしてましたよ。どうぞ中に」

頬がこけた細い顔にレンズの分厚いメガネをかけている。髪色は荘介とそっくりな栗色で、真っ直ぐ伸びた鼻梁が印象的だ。細身で長身な荘介の父親は、なんとかやっと人一人が通れるというくらいだけドアを開けると、自分はさっと中に入ってしまった。荘介もすぐに狭い隙間をすり抜けて、久美に手を差しだす。

「久美さん、早く」

手を引かれるまま、久美はそっと玄関に足を踏み入れた。すると荘介は急いでドアを閉め、鍵をかけた。くるりと振り返り、廊下の先になにかを探すかのような視線を向けたが、すぐにいつもの落ち着いた表情に戻る。

「どうぞ上がって」

にこやかに言いながら靴を脱ぐ荘介は、先ほどの不可解な動作などなかったかのように平静だ。なにが行われているのかと、久美の頭にちらりと疑問が浮かんだが、そんなことより、この先に待ち受ける荘介の両親との対面に意識が集中していて、質問する余裕もない。

用意されたスリッパを履き、荘介に先導されて廊下を進む。昔ながらの和風の内装で、廊下の片面には広いガラス戸が、もう片面には襖《ふすま》がある。荘介が入ったのは、三つ並んだうち、一番奥の襖が開いたままの部屋だ。部屋の中はもちろん畳敷きで、せっかく履いたスリッパをあっという間に脱ぐことになった。なにやら戦闘服を脱がなければならなくなったかのような不安を感じながら、久美は和室に入った。

十二畳の広い室内は誰の趣味なのか、純和風になっている。部屋の中央に大きな座卓があり、また座敷があるのか廊下なのか、部屋の奥にも大きな襖がある。その襖の上部には、桔梗《ききょう》をかたどった、欄間《らんま》という透かし彫りの、風を通すための装飾がついている。

座敷の上座、床の間にはなにが書いてあるか読めない崩し字のかけ軸と、小さな花生けに名前がわからない可憐な花が一輪挿《さ》してあった。その横の違い棚には漆《うるし》塗りの文箱《ふばこ》や青磁の香炉が並んでいる。

その床の間を背にして、荘介の両親が座っていた。

「久美さん」

荘介にうながされて、大きな座卓を挟んで両親の前に座る。おそろしくふかふかな座布団だ、きっと高価だろう。汚しては一大事と、さらに肩に力が入る。そんな久美を横目に荘介が口を開いた。

「斉藤久美さんだよ」

「よ、よろしくお願いします」

畳に手をついて勢い良く頭を下げた久美は、危うく額を座卓にぶつけそうになったが、本人はそんなことには気づかない。目を見開いて自分の手を見下ろし、頭を上げることができなくなってしまった。

「荘介の父の陽介《ようすけ》です。彼女は僕の伴侶の逸子《いつこ》です」

そっと目だけを動かして両親を見上げる。陽介はなぜか声を潜めている。

逸子は無言で頭を下げたが、すぐに顔を上げた。髪をアップにまとめて上品なセーターを着ている。かなりスレンダーだ。色白、面長で優しそうであるが、太くてしっかりした眉は頑固そうにも見える。なにかを探っているかのような視線をちらちらと廊下と奥の襖とに向けている。そういえば、荘介もいつもよりずっと小声だ。

「ああ、お茶を持って来よう」

呟くような小声で言って、陽介が立ち上がり、音もなく奥の襖を開けた。襖の向こうは座敷で電気が点いておらず真っ暗だ。陽介は足音も立てずに真っ暗な部屋に入り、襖を閉めた。

いったい、これはなんだろう？

緊張してうまく回らない頭で久美は考える。シーンとした座敷。伏し目がちの青白い顔で、緊張しているのか肩に力が入っている逸子。なにかを警戒しているような荘介、そして不安なまま放置された久美。まるでホラー映画の登場人物になったかのような不穏な空気を感じる。

ふと気づくと奥の襖が開いていて、陽介がお盆を持って立っていた。無音で現れた陽介に驚いて久美は目を見張る。

「お待たせしたね。どうぞ」

久美の前に置かれたのは、梅の絵が艶やかな茶碗にたっぷり入った抹茶だった。煎茶が出てくるものと思っていた久美はあっけに取られて動けなくなる。

「お茶は苦手だったかな。それじゃ、コーヒーを……」

囁きながら立ち上がり襖を開けた陽介を、久美が呼び止める。

「あ！　いえ、大丈夫です、お抹茶で」

思わず出た久美の大声に、村崎家の三人の間に緊張が走る。

「久美さん、静かに」

荘介に言われ久美は両手で口を覆った。そのとき、陽介が叫んだ。

「来たぞ！」

それと同時に、襖の奥の暗がりから黒いものが弾丸のように飛び込み、久美に向かってきた。荘介が久美をかばって両手を広げ、黒いものを抱き止める。

久美は目を丸くして荘介の背中を見ていることしかできない。どうやら黒いものが暴れているらしく、荘介は抑え込むのに苦労しているようだ。

「いたたたたた！」

荘介が常には出さないような情けない声を出す。

「大丈夫ですか、荘介さん！」

久美が思わず立ち上がろうとすると、陽介が叫んだ。

「動いたらいかん！」

しかし、その言葉はもう遅く、久美は立ち上がり、荘介の肩越しにその黒いものを見た。

「……猫ちゃん」

荘介に取り押さえられた黒い大きな猫は、久美と目が合うと毛を逆立てて唸った。荘介の腕から逃げだそうとその肩に爪を立てる。

陽介はスラックスのポケットから猫に大人気のおやつの袋を取りだして、黒猫の前でひらひら振ってみせる。

「ほーら、黒丸《くろまる》。おやつだぞー」

それを見た逸子が勢い良く立ち上がると、陽介の手から袋を奪い取った。

「食べ物で釣ったらいけんって、何度言ったらわかると！　早くネットを取って来て！」

「ああ、わかった」

陽介が部屋から走り出ていく。黒猫は容赦なく荘介の肩を引っ掻き続ける。荘介は時折、「痛いって」と言いながら黒猫と格闘している。逸子が荘介の腕の中でもがき猛り狂っている黒猫を抱き上げようとしているが、興奮しきった黒猫は身を捩《よじ》って逸子から逃れようとする。

「黒丸！　落ち着きなさい！」

逸子は何度も黒猫に手を伸ばし、その都度、黒猫は激しくもがきつかまらない。

久美はどうしたらいいのかわからず、ぼんやりとこの騒動を見ていた。

その後、陽介が持ってきた洗濯用のネットに陽介と逸子、二人がかりで黒猫を押し込んだ。黒猫は毛を逆立て、時折シャーっという声を出して威嚇《いかく》してくる。だが、ネットに入れられたあとは暴れることはなく、手足を畳んで座り込み大人しくなってくれた。

陽介が額の汗を拭いながら言う。

「驚かせてすまんね。うちの猫なんやけど、全然なつかんとよ。とくにお客さんが来ると、興奮して飛びかかっていくけんね」

陽介がネットごと黒猫を隣の部屋に運び、襖を閉めた。荘介が引っ掻かれた辺りをそっと触っている。厚手のセーターを着ているため、傷の具合は見えないが、相当痛いようで顔をしかめている。

「大丈夫ですか、荘介さん」

「まあ、なんとか。噛まれても死ぬわけじゃないからね」

「え、噛まれたんですか？」

「うん。ほら」

荘介の手首にぶっすりと小さな穴が四つ空いている。

「うわあ、痛そう」

「すごく痛い」

久美が荘介の手首をさすってやっていると、逸子が冷たい声で言った。

「早く手を洗って消毒しなさい。陽介さんは黒丸を二階へ」

「はいはい」

陽介が言うと、「はい、は一回！」と逸子から叱咤《しった》される。肩をすくめて逃げだすようにして陽介は隣の部屋に飛び込んだ。荘介も立ち上がり、逸子の逆鱗《げきりん》に触れぬようにするためか、風のような速さで廊下に出ていく。残された久美は気まずさの中、逸子と対座しているしかない。

「黒丸が失礼しました」

「いえ、そんな」

「あの子は私にしかなつかないから。いつもはお客様が見えると二階に閉じ込めるとやけど。今日は閉じ込められると察したらしくて朝から姿を隠しとったとよ」

「そうなんですか」

「外から人が来たと気づかせないように、声を抑えとったとよ」

逸子はため息をつく。大きな声を出したことを咎《とが》められているのかと、久美は頭を下げた。

「すみません」

説明が終わると、逸子はまたむっつりと口を閉じた。どこか居心地悪そうにしているようにも感じられる。自分が黒丸に気づかれたから怒っているのだろうか。このとげとげしい空気を変えなければ、なにか話をしなければと久美は必死に話題を探した。

「あの、黒丸ちゃんは……」

「もう小声でなくて大丈夫。黒丸はつかまえたんやから」

「あ、はい……」

逸子に言葉を遮られ、気まずさに拍車がかかり、久美は黙り込んだ。そのとき、二階からどたんばたんと大きな音がして、「荘介ー、逸子ー！」と叫ぶ陽介の声がした。

「ああ、うるさかねえ」

ぽつりと言って、逸子は静かに部屋を出ていった。

「えーと……」

一人取り残された久美は途方に暮れて、天井を仰ぎ見た。

しばらくすると、三人は一緒に部屋に戻ってきた。陽介の手の甲には見事なひっかき傷、荘介のセーターには新しいほつれができて、あちこち糸が飛びだしている。一人だけ無傷な逸子が腹立ちまぎれという感じで、飛びのるような勢いでどすんと音を立て座布団に座った。

「まったく、しょんなか。大の男が二人がかりで猫一匹に振り回されて、どげんすると」

「いや、面目ない」

陽介はがっくりと頭を垂れた。荘介は聞かないふりをすることにしたらしく、久美に話しかける。

「ごめんね、久美さん。騒がしくてびっくりしたでしょう」

「え、あの、その……」

にらむような強い視線を陽介と荘介に向ける逸子の手前、正直な感想を言いづらい。話をそらすことにした。

「黒丸ちゃんって、かわいいですね」

逸子が呆れたような声を出す。

「本当に、そう思うと？　毛はボサボサやし、鼻は潰れて豚みたいやし、なにより太りすぎ！　二人がエサで懐柔しようとするけん、あげんなったとよ」

叱られた陽介はますます平身低頭、荘介は視線をそらして聞かなかったふりを続けている。

「あの、でも、愛嬌がありますよね、黒丸ちゃん」

「襲われかけたとに、緊張感が足らん。しゃんとせんね、しゃんと」

「はい……」

しっかりしろと博多弁で言われ、標準語で叱られるよりは他人行儀な感じはしないなと思ったが、ホッとすることはできない。さきほどの騒動で気が立っているのか、逸子はなかなかすさまじい威圧感を出している。

「えー……」

荘介が咳払いをして居住まいをただす。

「いろいろ騒がしかったけど。話を進めていいかな」

陽介が「もちろん」と深く頷く。逸子は相変わらず無言で頷いた。

「改めまして。彼女が斉藤久美さんです。先日、プロポーズしたところ、承諾してもらいました」

「は、初めまして。よろしくお願いいたします」

陽介が頭を掻きながら困ったような笑みを浮かべる。

「えっと、ははは。初めてなのに、なんというか、お騒がせして悪かったね」

荘介も同じような表情で首を横に振っている。

「本当に、久美さん、ごめんなさい。こんなことめったにないんだけど。なんと言うか、今日は大あたりの日で」

わたわたと落ち着かない男二人をよそに、一人、平静な逸子がじろりと視線を陽介に注ぐ。

「陽介さん」

「はいっ！」

びくっと震えて陽介が顔を上げる。

「おもてなしに、たこ焼きするんやなかったと？」

「そうそう、そうでした。逸子さん、ちょっと手伝って……」

逸子は横目でじろりと荘介を見据えた。無言の圧力に押されるようにして荘介も立ち上がる。

「父さん、僕が手伝うよ」

気を遣って、荘介が久美に言う。

「久美さん、良かったら一緒に……」

「お客様になんば言いよっと」

逸子の声には静かな中にも迫力がある。久美はこの場の雰囲気を変えようと、明るい声を出してみた。

「あ、まだお抹茶をいただいていませんでしたー、あははは。これ、いただきますね」

「ああ、ああ。お茶を飲んでゆっくりしとって。ほら、荘介行くばい」

陽介は荘介の腕を握って、なかば無理やり引きずっていく。荘介は心配そうに久美を見つめたが、逸子のカエルをにらむ蛇のような視線に射られ、嫌々ながら部屋を出ていった。

「まったくうちの男どもは、しょんなか」

しょうもない男どもだと言われても相槌の打ちようもなく、久美は黙って抹茶を啜《すす》った。

「ぐふっ」

思わず抹茶を噴きだしそうになったのを、手で押さえてなんとかこらえた。あまりにも濃く、液体ではなく固体に近い。

「味はどうね」

逸子に尋ねられ、抹茶の粉そのものに近い半固体の液体を飲み下した。

「お、美味し、美味しいです」

久美が口の中に残る抹茶の粘つきをなんとか飲み込もうとしていると、逸子が厳しい声音で言う。

「嘘ばつかんでよか」

「はい。すすす、すみません」

抹茶のあまりの苦さで舌が回らない久美を見て、逸子はしばし無言で、額を押さえて下を向いた。

「あん人は、なにかっちゃあ、お抹茶ば点てよるけど、いっちょんうまくならんとよ。そろそろ才能がないことに気づいたら良かとに。ご迷惑ば、かけるねえ」

「はあ」

そしてまた沈黙が訪れた。久美は会話の糸口を探したが、逸子にはまったく隙がない。石像にでもなったのかと思うほど、ぴたりと止まったまま座卓に視線を置いている。

いったいどれくらいの時間が経ったのか。永遠に続くかとも思えた静寂を、陽介の明るい声がやぶってくれた。

「はいはいはい。準備できたばい。焼こう、焼こう」

陽介が、持ってきたたこ焼き用のホットプレートを座卓の中央に置く。荘介が大きなお盆から、水で溶いた小麦粉が入った器を四人それぞれの前に置く。たこ、みじん切りのキャベツや天かす、紅ショウガなどもそれぞれ四人分に分けてある。荘介が明るい声で久美に尋ねた。

「うちのたこ焼きはセルフサービスなんだ。久美さん、たこ焼きの経験は？」

「焼いたことはないです」

たこ焼きをひっくり返すためのキリを久美に渡した荘介が、一から説明しようと口を開く前に逸子が釘をさす。

「たこ焼きは体で覚えるものやろうが。指図不要」

きっぱりと言いきられて陽介は視線をそらしたが、荘介は反論する。

「いきなりなにも知らずにできるものじゃないでしょう。母さんは少し厳しすぎると思うよ」

ギスギスしそうになったところをなんとかしようと久美が間に入った。

「たこ焼き、楽しそうですね！ 私、一人でチャレンジしてみたいです」

逸子は表情を変えることもなく、荘介は申し訳なさそうにしながら久美の前にそっと鰹節《かつおぶし》と青のりを置いた。

「じゃ、始めようかね」

陽介が温まったたこ焼き器に、まんべんなく油を塗り広げる。整然と並ぶ丸い穴一つ一つに油引き用のブラシでしっかりと塗っていく。

荘介がさっそくたこ焼きを焼くべく準備を始めた。水溶き小麦粉の器に、みじん切りのキャベツ、紅ショウガ、天かすを入れてよく混ぜる。大ぶりのスプーンで掬《すく》って鉄板の穴にあふれるくらいまでたっぷり注ぐ。陽介の焼きっぷりも見ようときょろきょろした久美に、逸子の厳しい声が飛ぶ。

「久美さん」

苦手な教師に呼び止められたかのように、久美は動きを止めた。

「よそ見しないで、早よう焼きんしゃい」

久美は慌てて水溶き小麦粉の器に手を伸ばしたが、勢いが強すぎて器をひっくり返してしまった。荘介が驚いて声をかける。

「久美さん、大丈夫？」

「すみません！　私、おっちょこちょいで」

「いいから、待ってて。台拭きを取ってくるから」

荘介が急いで部屋を出ていくと、思いきり眉をひそめた逸子がぼそっと言う。

「不器用やね」

「すみません……」

肩をすくめる久美に、陽介が明るい笑顔を見せる。

「誰にでも失敗はあるっちゃけんねえ。気にせん、気にせん」

「陽介さん、焦げよる」

「あ、はい」

逸子に指摘されて陽介はキリで器用にたこ焼きの上下を返していく。久美はバッグからティッシュを取りだして卓を拭こうとしたが、逸子がまた口を開いた。

「そんなもんで拭いたっちゃ、焼け石に水よ」

「すみません」

そっとティッシュをしまったところに、荘介が戻ってきた。

「久美さん、服は汚れなかった？」

「はい、大丈夫です」

荘介から受け取った台拭きで汚れを拭き取りながら、久美はちらりと逸子に目をやる。一回目の焼きあがりをポイポイと軽快に皿に取り、二回目の焼きに入るところだった。

小麦粉液にみじん切りにされた具材をすべて入れて掻き混ぜる。

鉄板の穴からあふれるくらい注いで、たこを一つずつ入れていく。

穴からあふれた生地が焼けてきたら、キリで寄せて穴の中に詰めていく。

穴の中の生地をキリでくるりと回転させると、下の方からこんがりと焼けた丸いお尻が出てくる。

すべての生地を回転させると、キリを置いて動きを止めた。

「久美さん」

逸子に呼ばれて久美は「はいぃ！」と裏返った声で返事をする。

「見てたからできるでしょ。やってみんね」

「は、はい！」

はい、しか言えない久美を荘介が心配そうに、だがどこか興味深いものを見るような目で見つめる。その視線に背中を押されたかのように、久美は荘介から新しい器を受け取った。緊張して震える手で鉄板にタネを注いでいく。

「ぎゃ！　穴に入らん！」

久美が注いだタネはほとんどが穴を避けて鉄板の平らな部分にのっている。荘介がスプーンを手渡しても、久美はそれでどうすればいいのかわからず、おろおろする。

「スプーンで掻きとって穴に入れれば良かろうもん」

逸子が妙に早口で言う。

「母さん、無茶ばかり言わないで。誰だって初めては失敗するよ」

「荘介は最初からちゃんとできた」

逸子が冷ややかに言うと、荘介は気まずそうに「それは、たこ焼きは料理というより、おやつみたいなものだから」と視線をそらす。

「なにごとも、やればできると」

逸子の言葉をしっかりと胸に留め、久美は荘介に小さく頷いてみせた。スプーンでタネを掻き集める。

「たこ焼きが上手に焼けたら楽しいですよね。がんばります」

笑顔の久美の手許、ぐちゃぐちゃなタネをじっと見ていた逸子は無言のまま、自分のたこ焼きの世話に戻った。

そんな様子を心配そうに見ていた陽介のたこ焼きは真っ黒に焦げ、荘介は久美の手許を見るのに忙しくろくに焼くこともできず、久美はスプーンとキリを駆使して形は悪いがなんとか食べられそうなものを作り上げた。まともなたこ焼きを焼きあげたのは逸子一人だ。

「ソースは？」

逸子の片方の眉が不機嫌そうに持ち上がる。

「あ！　忘れた。取ってくるよ」

陽介が急いで立ち上がり部屋を飛びだす。

「味変用のタバスコもない」

「わかりました。取ってきます」

荘介がため息交じりに立ち上がる。

「久美さんは……」

来るかと聞こうとした荘介の考えを見抜いたようで、逸子が厳しい声で命じる。

「久美さんは特訓！」

「はい！」

熱意に燃えている久美と目が合い、力強く頷く様子を見て安心したらしい荘介は、やっと部屋を出ていった。

久美はまたタネを鉄板に流し入れようとしたが、逸子が止めた。

「油を引きなさい」

「はい！」

素直に返事をする久美を、逸子は横目でちらちら見ながら油引きを渡してやる。

「そんなにうっかりで、どうやって暮らしとるっちゃろ」

逸子が呆れたような口調で言っていると、久美がだんだんと顔を伏せていく。

「そもそもあんたみたいに若い子が、うちの唐変木《とうへんぼく》の荘介と、どうして気が合ったとね。

一緒に暮らしたりしたら、絶対にイライラする毎日が待っとるに決まっとう……」

「ううう……」

久美は呻いて頭を深く下げてしまい、卓の陰に隠れるほどだ。そこに荘介が陽介とともに戻ってきた。

「久美さん!?　どうしたんですか！　母さん、久美さんになにを言って……」

「ち、違います、荘介さん」

久美が必死にかぶりを振る。

「違うんです」

「やめてください！」

荘介はしゃがみ込んで、久美の手を取ろうとした。

「久美さん？」

強く言われて、荘介は動けなくなる。

「もう、無理です」

「無理って、なにが……」

当惑した荘介はじっと耳を澄ますことしかできない。久美は両手を畳につき弱々しく顔を上げた。

「足が、痺《しび》れました」

そう言うと、ぱたりと畳に倒れ込んだ。

「……ぶっ」

変な音が聞こえたと思うと、逸子が腹を抱えて笑いだした。久美はその声を気にする余裕もなく、とにかく足の痛みに悶絶して声も出ない。

わひゃひゃ、わひゃひゃひゃと奇怪な笑い声をあげる逸子に、荘介が苦言を呈す。

「母さんが変に恰好つけようとするからこんなことになるんだよ。いつもどおり胡坐《あぐら》で座っていたら久美さんも無理に正座を続けることもなかったんだ」

荘介が厳しい顔をしてみせても、逸子の笑いは止まらない。

「ふはっは、だって、ぷっ。息子のお嫁さんになるっていう人の前で、っはは、胡坐は！　はははははは、それにこんなに笑うわけにいかないいってっはっはっは」

「だったら今だって笑わずに澄ました顔をしていてよ」

「無理っ、無理っ、うはははは！　だってこの子、めちゃくちゃ面白いやんか！　どこでこんな隠し玉ば見つけてきたとね。ぷくくくく」

荘介は母のけたたましさを放っておくことにしたらしい。未だ痺れと格闘している久美の足をぎゅうぎゅうと揉んで血流を促進させてやる。

「こんなに無理する必要はなかったのに」

足を揉まれる痛みに悶《もだ》えながらも久美は懸命に言葉を返す。

「でも、初めてのお宅で足を崩すわけにはいかないじゃないですか」

荘介は同情した様子でそっと言う。

「一言断れば、茶道の席でだって崩していいんだよ」

「え！　そうなんですか！」

心底驚き、目を丸くした久美を見て、逸子はまた笑い転げる。陽介が逸子を落ち着かせようと背中をさするが、まったく効果は見られない。

「笑い上戸《じょうご》だったんですね」

ようやく起き上がった久美が、逸子に言うと、逸子は涙を流すほどに笑いながら「そうなんよお。必死にこらえとったと」と答える。

ひーひー言いながらも、逸子はなんとか笑いを止めた。

「久美ちゃん、いいわあ。あんた、最高。毎日、うちに来てよ」

「えっと、あの。それは笑われにってことですか？」

逸子はまた、ぶっと噴きだす。

ああ、この人はたしかに荘介の母親なんだなあと、荘介とそっくりな逸子の笑顔を、久美はしみじみと眺めた。荘介が逸子を見据えて低い声で言う。

「母さん。久美さんをからかうのはやめてください」

荘介なら一緒になってからかいだすのではないかと久美は危惧していた。だが、荘介はかばってくれる。自分を対等なパートナーと認めてくれたのだろうか。

「久美さんをからかっていいのは、僕だけですよ」

「は？」

思わず久美の口から甲高い声が出た。今日は大人しく上品に過ごそうと思っていたことも忘れ、久美は荘介に食ってかかる。

「そこは、私をからかうのはやめようって荘介さんも心に決めるところじゃないですか。なんで私が荘介さん限定のからかわれキャラみたいにならなきゃいけないんですか」

荘介はごく真面目な顔をしている。

「僕は久美さんをからかわないと生きていけません」

「そんなことあるわけないでしょう！」

逸子が険しい表情で会話に加わる。

「悪かったわ。荘介がそこまで思いつめているなんて思わなかったものだから。久美ちゃんをからかうのは、お正月だけにするわ」

久美は苦い粉薬でも飲んだのだろうかというしかめ面で、逸子の目をじっと見つめた。

「お正月もやめてください」

逸子は陽介の上着をめくりあげ、その勢いで倒れた陽介のスラックスのポケットからスマホを奪い取った。久美が驚いている姿を、スクープとばかりに写真に収める。

「な、なんで撮ったんですか」

久美は両手で顔を隠しつつ身を捩る。

「すっごくいい表情だったから。もう、最高にフォトジェニック！」

久美が恥ずかしさと怒りと足の痺れで悶えている横で、荘介が逸子に手をつきだす。

「僕にも見せて。あと、プリントしてください」

「了解」

久美は逸子に向かってがばっと両手をつきだして、叫んだ。

「今すぐデータを消してください！」

荘介と逸子は連携してスマホを奪われないように守りながら、揃って肩をぷるぷる震わせている。笑いをこらえる姿もこんなに似ているのかと久美は呆れた。

「すまんね、久美ちゃん。こんな家族だけど、見放さないでほしい」

陽介の真摯な態度に、久美は慌てて両手を振ってみせる。

「見放すなんて、そんな。私こそ、みっともないところを見せてしまって。申し訳ありません」

「謝ることなんかない、ない。もう、自分の家だと思って大の字になってくれて大丈夫だから」

「えっと……。自分の家でも、あまり大の字にはならないです」

荘介が久美の肩を支えて、足を伸ばして座れるようにしてやりながら、父親に言う。

「久美さんは、おしとやかだから」

またなにか変なことを言おうとしていると察して、久美は先手を打って荘介の口を手で塞いだ。

「悪いことを言うのは、この口ですか」

ぷーっと風船の口から空気が漏れるような音が逸子の口から飛びだす。

「そちらの口もですか！」

久美は遠慮も忘れて卓越しに逸子の口に手を伸ばそうとする。逸子はひょいとかわして陽介の陰に隠れた。

「ごめん、ごめん。そんな怖い顔しないで。からかったお詫びに美味しいのごちそうするけん」

久美は横目で逸子を警戒しつつ尋ねる。

「美味しいものって、なんですか」

逸子は卓上を指さした。

「もちろん、たこ焼きよ」

久美は眉間にしわを寄せる。

「たこ焼きは、もうお腹いっぱいです」

「デザートが、まだやけんね。陽介さん、あれ持ってきて」

「はいはい」

陽介は軽快に立ち上がり、部屋を出ていく。そう言えば、逸子は一度も立ち上がっていないが足は痺れないのだろうかと久美が考えていると、荘介が久美の腕を軽く叩いた。

「あ、すみません。荘介さんのこと忘れてました」

口を押さえつけていた手をぱっと宙に上げると、荘介は姿勢を立て直し、わざと咳き込んでみせた。

「久美さんの、げほ、ヘッドロックは強力だね」

「ヘッドロックなんてしてません！」

再び逸子がけたけた笑いだしたところへ、陽介が戻ってきた。

「はい、ホワイトチョコばーい」

陽介は細かく砕いたホワイトチョコがのった皿と、新しい生地を逸子の側に置く。久美が小首をかしげて尋ねた。

「ホワイトチョコを、どうするんですか？」

「たこ焼きの具にするとよ。今日がホワイトデーやからホワイトチョコ。陽介さんと荘介へのバレンタインのお返しはこれで終わり」

そう言いながら、逸子は手早くホワイトチョコを具にしたホワイトチョコ焼きの準備を進める。陽介が小さく「えー、これだけなんて」と呟いたのは完全に無視されている。

油を少なめに引いた鉄板に、具材を入れないままの生地をあふれるくらい流して火を通す。

生地がこんがりしてきたらたこの代わりにホワイトチョコを埋め込む。穴の周りにはみ出ている生地も巻きこんで上下を返す。

逸子の手さばきを感心して見ていた久美が口を開いた。

「すごくたこ焼きがお上手ですね」

逸子は自慢げにキリを掲げてみせる。

「せやろ？　うちは生まれも育ちも大阪《おおさか》やさかい」

「え！　そうなんですか」

荘介が、ぽんと久美の肩に手を置いて首を横に振る。

「そんなわけないでしょう。さっきから博多弁を喋っているでしょ」

「あ、本当だ！」

逸子はまた爆笑しだしたが、ホワイトチョコ焼きを返す手は正確で澱《よど》みがない。

「本当にこの子、面白いわあ。どう、うちの子にならない？」

「なりません」

「えー、なってよお」

「なりません」

久美が二度もきっぱり言うと、逸子はそっとため息をついた。

「しかたないか。荘介、このお話はきっぱり諦めるしかなかねえ」

「そうだね。残念だけど」

荘介も悲しげに表情を曇らせる。

「え？　え？　な、なんの話ですか？」

「うちの子になりたくないんよね。つまり、うちの嫁に来たくないとやろ？」

「ええ！　なんでそんな話になるんですか！」

ホワイトチョコ焼きの面倒がだいたい終わり、焼けたものからポイポイと皿に取りながら逸子が尋ねる。

「お嫁さんは姑《しゅうとめ》のことを、なんて呼ぶ？」

「お義母《かあ》さん？」

久美がおそるおそる答えると「正解」と言ってホワイトチョコ焼きが入った皿を、ずいっと久美の前につきだした。

「嫁に来るということは、その家の子になるのと同じやろうもん。なんならお正月にはお年玉だってあげようと思っとったのに。久美ちゃんはうちの子になってはくれんとやね」

洟《はな》を啜りあげながら、着々とホワイトチョコ焼きを量産する逸子と、力なく畳を見つめる荘介。二人の間できょろきょろと目だけを動かす久美。

そんな三人の動向など気にしていないようで、陽介が飄々と言う。

「久美ちゃん、デザートたこ焼き、早く食べないと冷めちゃうよ」

「え、でも今それどころでは……」

陽介は目をつぶり、おもむろに首を左右に振ってみせる。

「親の死に目に会えなくても、美味しいものは美味しいうちに食べましょう。うちの家訓だよ」

「そうなんですか」

「そ。だから早よ、お食べ」

陽介に勧められて、俯き加減の逸子と荘介を気にしつつも、久美はデザートたこ焼きを一口にぱくりといった。

「んん！　あふい！」

焼きたてのホワイトチョコ焼きの熱さに悶え、口を半開きにして天井を向き、はふはふと口中に空気を送り込む。陽介がにこやかに久美を見守る。

「水が、ご入用かな」

久美は首を横に振って、ホワイトチョコ焼きを軽く噛んで飲み込んだ。

「熱かったー。たこ焼きの中のホワイトチョコが融《と》けてぐつぐつ煮え立ってたんじゃないかって思うほど熱かったです」

逸子が、にしししと変な声を出して笑う。

「とろけるものは、液体より熱く感じるっちゃんねえ。とろーり爆弾」

「でも、美味しいです。たこ焼きの生地にすこーしだけ塩気がついているのと、とろけて甘さをより感じるホワイトチョコレートが相まって、さらっと食べられます」

にこにこと荘介が茶々を入れる。

「久美さんは大抵のものは、さらっと食べるよね。お腹がいっぱいのときでも」

「ええ、そうですね。それがなにか？」

遠慮と緊張をかなぐり捨てた久美の思わぬ反応に困った荘介が、責任を押し付けようと、逸子をちらりと見る。逸子は思ったままを口にする。

「久美ちゃんは大食漢なんやね」

「ええ、そうですが。なにか」

逸子も対応に困り、陽介に視線を送る。陽介は屈託のない笑顔を久美に向けた。

「たくさん食べる女の子、うちの家族はみんな大好きだよ。よし、キャラメルたこ焼きも作ろう。ドライフルーツも持ってこよう。バナナもあったなあ、それから……」

荘介がたくさん食べさせたがるのは、陽介譲りなのか。両親それぞれの個性を引き継いで、荘介は荘介になったんだな。久美は荘介の秘密をまた一つ知ったような気がして、幸せな気分で微笑んだ。

【特別編】ジョーカーを握ってる

「あーあ、久美ちゃんに会いたいなあ」

よく日のあたるデスクで陽介がぽつりと言うと、書類整理をしている強面《こわもて》の榊《さかき》警部補が振り返った。

「なにかおっしゃいましたか、村崎さん」

一応、警視という階級で課長職にある陽介だが、誰にでも気さくで、階級で呼ぶのはやめてくれとしつこく言うため、課内の部下たちはみんな名字で呼んでいる。

「聞いてよ、サカちゃん。息子の婚約者がねえ、久美ちゃんって言うんだけど。それはそれはかわいいいいんだあ」

「はあ」

「先週の日曜にさ、うちに来てくれたんだけど、純真で真っ直ぐでがんばり屋さんで。もう、俺はめろめろなわけよ」

「はあ」

「次はいつ会えるだろ。息子はめったに帰ってこないしなあ」

「はあ」

　どうでもいい話しかしないらしいと理解した榊警部補は、相槌を打ちながら仕事に戻った。

「早くお嫁に来てくれないかなあ。うーん。でもやっぱり、若い人は同居は嫌だよね」

「はあ」

「楽しみだなあ、久美ちゃんの花嫁姿」

「はあ」

「そうだ、会いに行っちゃおうかな」

「はあ」

「今日、俺、残業なしで帰るからね」

「村崎さん」

「なに、サカちゃん」

「今日は水曜日です。子ども会の剣道指南の日では？」

「あ」

　陽介はがくりと肩を落とした。

剣道教室が終わると、陽介は自転車を走らせて『お気に召すまま』に向かった。急いでいるとはいえ、そこは警察官。きちんと安全な速度で走行する。

だが気持ちは焦っていた。信号で止まって腕時計を見ると、時刻は午後六時五十二分。目指す『お気に召すまま』は荘介が店を継いでからは朝一番に店頭に出したお菓子を売り切るスタイルに変えて、追加のお菓子が出ることはほとんどないらしい。閉店時刻の七時を過ぎれば、ほどなくして久美は帰ってしまうだろう。

「待っててくれ、久美ちゃん」

祈るような気持ちで陽介は呟いた。

しかし、祈り空しく。陽介が『お気に召すまま』の前にたどり着いた七時十八分には、既に店の灯りは消え、人の気配はなかった。陽介は、がっくりと肩を落とした。

しかし、せっかく近くまで来たのだから荘介の顔でも見ていくかと、目的地を荘介の家へと変えた。

住宅街の方へ、のんびりと自転車を漕いでいくと、前方に見慣れた荘介の姿が見えた。隣には久美もいて、楽しそうにお喋りをしている。

「久美ちゃ……」

大声で久美を呼ぼうとしたのだが、荘介たちと自分との間に人がいることに気づいて口を閉じた。電柱の陰に隠れるようにして、中年の男性が立っている。陽介が自転車を止めて様子をうかがっていると、荘介と久美が進むにつれ、隠れる電柱を前へ前へと変えていく。視線はどうやら二人に向かっているようだ。荘介と久美を尾行しているように見える。

陽介は自転車を置いて静かに男に近づき、威厳のある深い声で話しかけた。

「ちょっと、いいですか」

男はびくっと身をすくめて振り返った。中肉中背中年の普通のビジネスマンといった風情だ。年齢は陽介と同じくらいではなかろうか。黒っぽいスーツでビジネスバッグを持っている。

「な、なんですか、突然」

「失礼。私、こういうものですが」

ジャケットの胸ポケットから警察手帳を取りだし、開いてみせる。

「け、警察？　なんか用ですか」

男はビジネスバッグを胸に抱え、おどおどと尋ねる。警察手帳を見せられて平然としている人はあまりいない。素直に驚くか、怖がるか、なにもしていないのだからと虚勢を張るか、逃げだすか。なにがしかの反応があるが、男はそのうち、怖がる派に属しているようだ。

「あなた、電柱の陰でなにしてるんですか」

「なにって……。べつに」

男の視線がきょろきょろと動く。先ほどまで陽介に向けていた視線を、ちらりと荘介たちが歩いていった方へ向けた。その視線で、明らかに二人の跡をつけていたのだということがわかり、陽介は本格的な職務質問を始めた。

「身分証明書はお持ちですか」

「は？　なんで？」

男は心底から疑問だと思っているような声を出した。

「お名前は？」

陽介が尋ねると、不服そうにしつつも男は冷静に答える。

「斉藤和夫《かずお》ですが」

陽介は、ここからが本題だと気を引き締める。

「斉藤さん。ここでなにをしていたんですか」

「なにって、べつに」

小声になり俯いた斉藤の視線が地面に落ちる。不安なせいか、体が小刻みに左右に揺れている。

「お宅はどちらですか」

ますます斉藤の震えが小刻みになる。

「す、すぐそこですけど」

おどおどと視線をさまよわせて顔を上げられない様子だ。

「正確な住所は？」

陽介の鋭い声に、斉藤は顔を上げて、キッと陽介をにらむ。

「なんなんですか、これ。なんでそんなこと聞くんですか」

陽介は冷静な口調で「落ち着いてください」と告げた。

そのとき、斉藤のビジネスバッグから携帯の着信音が聞こえてきた。斉藤はちらりと陽介に視線をよこす。

「どうぞ」

陽介が重々しく言うと、斉藤は急いで通話ボタンを押した。

「お父さん、今どこ？」

電話の向こうから若い女性のかなり大きな声が聞こえる。陽介にも話の内容が丸わかりだ。

「まだ会社だ」

「また残業？」

「ああ」

斉藤はまた、ちらりと陽介を見た。警察官の前で嘘をついたことを、後ろ暗いことがあるからだと思われていないかとおそれた。そんなところだろうと陽介は想像する。

「今日は早く帰ってきてって言ったやん」

斉藤は一瞬、怯んだようだが、すぐに平静な声を出した。

「急な仕事が入ってな」

「またそういうこと言うっちゃけん。自分の仕事量のマネジメントも管理職の職務の内やないと？」

斉藤は、むっとした様子で言い返す。

「会社勤めしたこともないのに、偉そうなことを言ったらいけん」

「会社じゃないけどお勤めはしてますー。マネージャーっていう肩書もあるっちゃけんね」

「そんなの肩書だけだろう。お前にちゃんとした職場管理ができるとは思えん」

電話の向こうの女性はかなり腹を立てたようで、声が荒くなった。

「しっつれいな！　私だって社会人として何年も働いてるんだからね！」

「お店屋さんごっこに毛が生えたくらいの仕事をしてるんじゃないのか」

「そんなに言うなら、お店に来てみたらいいでしょ」

　斉藤が言葉に詰まり、言うべきことを探すかのように、きょろきょろと視線をさまよわせる。

「う……。仕事があるから、閉店時間までに辿りつけんのだ」

「有給休暇を取ったらいいじゃない。溜めに溜めてるんでしょ」

「有休ってのはだな。そんなに気楽に取っていいものじゃないんだ」

　ふんっという、鼻から大きく息をはいたような音が聞こえた。

「昭和生まれのど真ん中らしいこと言って。部下の人が有給休暇を取るときに、根掘り葉掘り理由を聞いたりしてないやろうね」

「あたりまえじゃないか。うちの社はコンプライアンスに厳しいんだ」

「じゃあ、自分もちゃんと有休消化しちゃり。モーレツ社員なんて面倒くさがられて降格になるかもよ」

　斉藤は呆れたようで眉根を寄せる。

「モーレツって……。本当にお前はおばあちゃんみたいなことを言うなあ」

「失礼な。妙齢の女性をつかまえてなんてことを」

「とにかく。まだ帰れん。仕事があるんだ」

陽介はそろそろ親子喧嘩を聞くのに飽きてきた。だが、あくびを噛み殺しながらも、黙って斉藤の娘の小気味いい話し方に耳を傾ける。

「いつ聞いても、そう言うじゃない。話があるんだってば」

「そんなの電話で話せばいいだろう」

「電話じゃ話せないから帰ってきてって言ってるんじゃない」

「なんで話せない。今は会議だってリモートでやる時代だぞ。親子の会話だってリモートでも……」

「紹介したい人がいるんです！」

娘のきっぱりした言葉に、斉藤はショックを隠せない。

「しょ、紹介したい人って、誰だ」

今まで滔々と喋っていた娘が少し口ごもる。

「だから……。会ってほしいんだって」

斉藤はうろたえた様子だが、口調は怒っているようなものになった。

「それこそ、リモートでいいじゃないか！　直接会って、なんの得がある！」

娘の声が一段低くなる。

「わかった。今日はうちに泊まってもらうけん。ホテルやらネットカフェやらに逃げても無駄やけんね。お父さんが帰ってくるまで、何日でも泊まってもらうけん。絶対に会わせるけんね」

「え、久美!? なんだよ、それ。紹介したい人って誰なんだ、久美！」

斉藤が呼びかけても、既に通話は終了している。斉藤は茫然と手の中の携帯を見つめている。

その様子を見ながら、陽介が刑事らしく推理しながら呟く。

「……久美？　斉藤？」

陽介は、携帯を両手で握り締めて打ちひしがれている斉藤に尋ねた。

「もしかして、娘さんの勤め先は『万国菓子舗　お気に召すまま』という店ではないですか」

斉藤は弾かれたように顔を上げた。

「なんでそれを？　『お気に召すまま』でなにか事件でも？」

「あ、いいえ。安心してください。なんでもないんです。私、南《みなみ》警察署勤務の村崎陽介と申します。『お気に召すまま』の店長の父親です」

「え……。じゃあ、あなたの息子さんが久美の上司？」

「はい。お嬢さんにはいつもお世話になりっぱなしだと息子が言っておりました」

「いや、とんでもない。うちの娘こそ」

陽介は人懐こい笑みを浮かべる。

「先日はうちに遊びにきてくださいましたが、かわいらしくて明るいお嬢さんですね」

「お宅に？　なぜ？」

なるほど。と陽介は心の中で一人ごちた。久美ちゃんが恋人を紹介しようとしているのに、父親は久美ちゃんを手放したくなくて逃げ回っているのか。しかも、自分の娘が仲良く手をつないで歩いていた相手が『お気に召すまま』の店長だとは知らない、ということか。

さて。自分の口から詳細を伝えていいものかどうか。陽介はこみ上げる笑いを、口を堅く引き結んでこらえた。

「村崎さん。どうかなさいましたか」

斉藤に問われて、陽介は愛想良く、にっこりと笑う。

「いえいえ、べつに。どうですか、ここでお会いしたのも縁でしょう。もしお酒がいけるなら、ちょっとお付き合いいただけませんか」

斉藤の表情が、ぱっと明るくなる。

「ああ、それは嬉しい。いや、ちょっと家に帰りづらくて」

陽介は胸襟《きょうきん》を開くのだと態度で示すべく、両手を軽く開いて話す。

「メニューが豊富で酒の種類がとにかく多いという店があるんですよ。かまえは小さいんですがね、家庭的でいいんですよ」

「いいですねえ。そういう店は好きだなあ」

「じゃあ、行きましょう」

陽介は自転車を押して歩きだす。斉藤は隣に並んで、ふと尋ねた。

「ところで、私はなんで職務質問をされたんですかね」

「それは……」

陽介は、さてなんと話したものかと頭を捻り、いい答えを思いつき、にっこりする。

「まあ、飲みながら、ゆっくり話しましょうや」

話してみたいことは、いくらでもある。陽介の手持ちの札は潤沢だ。どの札から切っていくか。斉藤を一番驚かせるには、どの順序がいいか。

陽介はいたずらっ子のような輝く瞳で、目的の店の赤提灯を眺めた。

あとがき

『万国菓子舗　お気に召すまま』の九冊目の本になります。

荘介たちは冬の寒さにも負けず、今日も元気に働いています。

この本を見つけてくださり、手に取ってくださり、ページをめくってくださり、本当にありがとうございます。

いくつかお菓子をご用意しましたが、お気に召すものはありましたでしょうか。

荘介と久美のお付き合いも、けっこう長く続いています。

でこぼこコンビとも、ボケと突っ込みとも言えるような二人は、ケンカをすることもなく過ごしているようです。

ただ、ケンカはなくても、叱られるようなことばかりする荘介と一緒にいると、自然と久美のボルテージはあがるようですが。

さて。今回、作中にたこ焼きが出てきます。

私はたこ焼きが大好きなのですが、なかなかたこ焼き屋さんで食べる機会がありません。近所にあるたこ焼き屋さんでたこ焼きを買って家に帰ると冷めてしまって、あの爆発するかと思うような焼きたての熱さは味わえません。悲しいです。

家で自分でたこ焼きを作ればいいのですが、如何せん不器用なもので、くるりと丸くひっくり返すことができず、たこ焼き器を買うことなく過ごしております。

お世話になった人に贈るお菓子、身近な人と食べるお菓子。同じお菓子を買ったとしても、味わいは違ってきます。かしこまって食べた方が美味しいか、リラックスして食べる方が美味しいか、それは人それぞれ。

お好きなものを、お好きなように。お気に召すまま選んでいただけるよう、荘介も久美も、今日も元気にいつもの笑顔を浮かべています。昨日と同じ優しい味を遠く未来へ繋ぐため、変わらぬ味を守るため。

そしてもちろん。

今日も新しいお菓子を準備して、あなたのご来店を心よりお待ちしております。

二〇二一年二月　溝口智子

この物語はフィクションです。
実在の人物、団体等とは一切関係がありません。
本作は、書き下ろしです。

■参考文献
『公益財団法人九州盲導犬協会』
https://www.fgda.or.jp/guidedog/training.html
『真言宗醍醐派別格本山　狗留孫山修禅寺』
http://www.kurusonzan.or.jp/information/shingon.php

溝口智子先生へのファンレターの宛先

〒101-0003　東京都千代田区一ツ橋2-6-3　一ツ橋ビル2F
マイナビ出版　ファン文庫編集部
「溝口智子先生」係

ファン文庫

万国菓子舗　お気に召すまま

真珠の指輪とお菓子なたこ焼き

2021年2月20日　初版第1刷発行

著　者　溝口智子
発行者　滝口直樹
編集　山田香織（株式会社マイナビ出版）　鈴木希
発行所　株式会社マイナビ出版
〒101-0003　東京都千代田区一ツ橋2丁目6番3号　一ツ橋ビル2F
TEL 0480-38-6872（注文専用ダイヤル）
TEL 03-3556-2731（販売部）
TEL 03-3556-2736（編集部）
URL https://book.mynavi.jp/

イラスト　げみ
装　幀　徳重甫＋ベイブリッジ・スタジオ
フォーマット　ベイブリッジ・スタジオ
ＤＴＰ　富宗治
校　正　株式会社鷗来堂
印刷・製本　中央精版印刷株式会社

 ISBN978-4-8399-7501-2
Printed in Japan

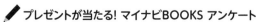

Fan
ファン文庫

手作り雑貨ゆうづつ堂
アイオライトの道標

パワーストーンは羅針盤のように
進むべき道へ導いてくれる

一か月が経ったころ、前に勤めていた会社の先輩がやってきて……？　白水晶の精霊・フクと共に祖母の大事なお店を守っていくあたたかな物語。

著者／植原翠
イラスト／前田ミック